Seba · 蝴蝶

Seba・蝴蝶

蝴蝶館 07

禁咒師

卷伍

Seba 蝴蝶 ◎著

目次

人物介紹

甄麒麟

當世唯一被賦予「禁咒師」稱號之人，目前受雇於紅十字會，專責處理精神異常的魔、墮落的神仙、膽大妄為的妖靈，所製造的恐怖活動。身負重傷的她，靈力大幅衰退，埋下極深的隱患。

自從在崇家獨立面對大神重，麒麟的生命只能依賴頭上麒麟角維繫，然而封天絕地也隔絕了東方天界的育聖池，連轉化慈獸也不能，非人非鬼的麒麟尚不知何去何從。

宋明峰

茅山派宋家最後擁有天賦的傳人，擁有奇異血緣天賦的他，拜入禁咒師門下後，能力逐漸得到啟發，卻也同時引來神魔兩界的注意，爭端一觸即發。

雖然魔王極力尋求他成為皇儲，但羅紗的田園幻夢卻始終縈繞明峰心頭，即使身為「繼世者」已然明朗，他還是願做一個平凡人，可惜命運並不會輕易放過他。

蕙娘

麒麟早年所收服的式神，雖然常以宋代仕女的嫻雅形貌現身，本相卻是已修行八百年的大殭屍。生前曾是名動京城的廚娘，如今則以其絕代廚藝餵養麒麟永不饜足的胃口，是麒麟最貼身的助手、管家，也是最得力的戰友與知交。

英俊

姑獲鳥的族民，飛機的守護「妖」，形貌為具有九頭蛇頸的鳥身妖禽。一次機緣巧合成為明峰的式神，此後終其一生追隨明峰。一般型態下為九頭鳥身，變身為戰鬥型態時，會化身為睜著無辜大眼的蛇髮少女。

不過這位少女在禁咒師師徒遠赴魔界觀光時，被明熠求婚成功了。感情上的成熟，同時也令她的妖力大幅成長。

宋明熠

明峰的表弟，只擁有一點點淡薄天賦，因此看得不夠清楚，惹麻煩的等級也稍遜於明琦。目前就讀於中都某大學，同時也是「靈異現象研究社」的成員。明峰前往旁聽時，正巧與明熠同班，另外同在一班的還有林雅棠。

葉舒祈（魔性天女）

列姑射島北都城的管理者，擅長運用電腦，能用資料夾容納眾生，也能循網路入侵他界。其能力為都城精魂魔性天女所賦予，因此有其界限，但仍讓三界眾生忌憚不已，不敢在她眼皮下犯事。雖然地位崇高，舒祈卻不依恃，只以排版打字維生。（詳見《舒祈的靈異檔案夾》）

得慕

舒祈的管家。她本是一條人魂，循著網路線遇見舒祈後，開始協助舒祈安頓來來往往的各路生魂死靈。由於手腕高超，一直是神、魔兩界爭相邀僱的對象，但她僅忠於舒祈一人。得慕是舒祈的代表，在某方面來說，也是管理者權能的延伸。（詳見《舒祈的靈異檔案夾》）

殷曼、李君心

修練千年的大妖殷曼，是個名為飛頭蠻的妖族，在天界的仙丹藥方中，飛頭蠻是上等材料，而殷曼尤為其中佼佼者，因此引起羅煞的覬覦。一次衝突中，羅煞借帝嚳神力附體，導致殷曼靈魂破碎成無數碎片飛散。她的弟子與愛人李君心，身懷與「繼世者」宋明峰同年同月同日生的命格，因此踏上一段漫長的旅程。（詳見《妖異奇談抄》）

宋明琦

宋明峰的堂妹，能力不如明峰，但依然擁有強悍的天賦，與眾生間的因緣也頗為深厚。雖然沒有經過任何修練，自己本身對修道也無興趣，但還是經常捲入各種靈異事件，讓被強迫成為她命中貴人的明峰暴跳不已。

明峰獨自出遊時，再度與明琦道左相逢，一連串的事件，成為明琦生命中極重要的歷練。

林殃、林越

四個本在同所大學就讀，並不知自己身負樹精血緣的人，卻在二次世界大戰中因殘酷的妖術實驗而覺醒，成為人工化的半人半妖。林殃是其中的學妹，專修聲樂，後來加入紅十字會。林越留在列姑射島，成立專門研究蠱、毒、詛咒等特殊異術的神祕組織「夏夜」，擔任大師傅，培養眾多學徒。（詳見《養蠱者》）

崇水曜

崇家七曜之一，但因特殊因緣，很早就離開崇家，不願成為當權者的殺手，沾惹無意義的血腥。崇水曜脫離崇家後，成為一名修仙者，後因舒祈委託，尋訪大妖飛散的靈魂碎片，而最後在花蓮定居，並收宋明玥為徒。水曜、明玥曾與殷曼、君心在花蓮一處偏僻小鎮相處過一段時間。（詳見《妖異奇談抄》）

帝嚳、羅煞

帝嚳為當代東方天帝雙華與王母玄所生之子，別稱天孫，神界大戰時曾任代天帝，卻因過多殺戮血腥，逐漸誘發陰暗本性，開始喜好摘煉生靈眼珠為神器，後被天帝責罰貶入凡間為人，再憑自身修練登仙回天。貶摘期間，帝嚳收徒多名，懷虛子與羅煞均為其徒，而尤以羅煞為惡最烈。（詳見《妖異奇談抄》）

應龍、懷虛子

應龍本屬上古龍族，後因探查帝嚳身世之祕，而遭其全族株連滅絕，族長更被封印於列姑射島之末。懷虛子為帝嚳貶摘時所收之徒，時間上較羅煞為早，但因個性較為深沉，惡行不如羅煞之顯。羅煞與殷曼爭鬥，結果兩敗俱傷，殷曼靈魂飛散，羅煞則被懷虛子趁虛而入，探知有關應龍的祕密。

楔子　人間的李子酒

「所以，妳剛行完婚禮就跑來？」麒麟懶懶的問，瞇著眼睛正在喝李子酒。這是旅行之前不久蕙娘親手釀的，經過了一年的光陰，讓酒變得溫柔醇厚。「做什麼那麼著急呢？我們會有辦法的……倒是妳的洞房花燭夜怎麼辦？就這麼浪費了？」

人間的李子酒比起蜜酒，顯得淺薄、無味，完全沒有那種驚人的美妙和芳香。但這是人間的李子、人間的水釀成的，含有人間喧鬧粗陋的雜質，像是飲盡平凡的滋味。

新婚不久，恢復九頭鳥原身的妖怪少女，羞赧的用雙翅翅尖互碰，從頭（九個腦袋……）到腳都羞紅了，「那、那個洞房花燭夜……在我、我剛去明熠那兒就……就已經……」

麒麟點點頭，繼續喝她的酒。她有意無意的瞥了瞥英俊的肚子。她跟產卵的妖族不太熟，所以無法推斷是不是「先有後婚」。

但是，因為長途疲勞的旅行而嚴重呆滯的明峰卻瞬間清醒。「……什麼？那該死

的傢伙對妳……」他跳起來破口大罵，「這個人面獸心的禽獸！無恥的敗類、變態，色狼！居然敢玷污我心愛的小鳥兒！我宰了他～」

……人家兩情相悅，你這麼激動做啥？還有，姑獲鳥成長到有性別了，體型比起以前大了一倍不止，足足有一人高了，蛇頸粗得跟蟒蛇一樣。更不要說她應召喚變化的巨大飛行形態……起碼有輛十輪卡車那麼大。

這樣威猛、獰惡、龐大的「小鳥兒」……坦白講，不多見了。

她這小徒父愛真的太充沛。

蕙娘和英俊試著安撫怒氣幾乎掀了屋頂的明峰，但是讓他怒髮衝冠的「禽獸」，不知道靠了什麼魔力（或許是愛的召喚），居然摸到他們隱蔽的居所，顫巍巍的站在院子裡喊，「英俊？英俊！妳在屋子裡嗎？我好想妳……」

轟的一聲，明峰像是爆炸一樣衝向門口。若不是他的傷口癒合得太好，他可能會把所有的狂信者通通放出來，秒殺他的禽獸表弟。

這個時候的他，只來得及抄起門外的竹掃把，像是被烈焰燃燒的大怒神，舉起兵器要終結這個險惡的「禽獸」。

蕙娘和英俊尖叫著試圖阻止他，但還是讓明熠挨了幾記竹帚。明熠一面抱頭鼠竄，一面叫著，「我是英俊的丈夫！我擁有同居義務的權力！英俊雖然是表哥的式神，但也是我心愛的妻子呀！根據勞基法規定，你讓她超時工作了！我要求週休兩日……」

「休你的大頭！好讓你繼續蹂躪我柔弱的小鳥兒?!」明峰掄起竹帚窮追猛打，「你這禽獸騙子壞蛋！我宰了你～」

麒麟抱著釀李子酒的酒甕，支著頤，欣賞這場熱鬧的愛情倫理動作劇。

一切似乎沒有什麼不同，和過往的日子完全一樣。

但她知道，不是那麼回事。

這種和平才是最不正常的。他們回到人間，東方天界的屬地。她不是沒想過，或者去他方天界屬地躲個一陣子比較好……但她懶。她還是喜歡這裡，說不定是列姑射島固有的遠古鄉愁所致。

但什麼事情都沒發生。他們已經回來四天，靜悄悄的，什麼都沒發生。

沒有預料中的天兵天將，沒有大軍包圍，沒有人拿拘捕令或手鐐腳銬來，什麼都沒有。

這讓她覺得迷惑，很迷惑。

「老胡。」她喚了鬼車。

只有無盡的沉默回應她。

這更奇怪了。她試了試自己的靈力。沒錯，她衰退很多，說不定比當初死而復生的衰退還嚴重。但這是慈獸化的後遺症，並沒有衰退到喚不來鬼車。

「唉呀，一年而已。」她抱著酒甕很遺憾，「我是不是錯過什麼好戲？」

當然啦，在庭院打得熱鬧滾滾的倫理愛情動作劇也是很精采啦……但只要英俊還是嫁人狀態，這戲碼應該會常常在她的家裡演出，說不定會看到膩。

「我八百年沒騎過機車了，」麒麟喝完了酒，發著牢騷，「不知道還記不記得怎麼騎啊……」

事實上，她除了發動的時候誤轉油門，把車庫的門很乾脆的撞破以外，一路上倒還是平安的。只是高速公路多了一則都市傳奇，據說有個穿著細肩帶小可愛和短褲的妙齡少女，騎著五十CC的小綿羊，在高速公路創下時速三百三十公里的紀錄。

這和辛亥隧道尬車阿婆腳踏車的靈異故事，相同的在交警之間津津樂道著。

一、女人們的八卦

經過咖啡廳，大門深鎖。麒麟的眼中露出困惑，繞了幾圈，確定沒人，她默默的將機車騎走。

騎到都城那錯綜複雜的巷弄，她將五十CC小綿羊停下來。然後就……就爆炸了。

糟糕，不太妙。這是明峰買菜專用的摩托車，他還很蠢的取了個「疾風號」的名字，寶貝得不得了，三不五時就洗車上蠟。騎炸了他的車，回去不太好交代吧……？

思考了一秒鐘，她很乾脆的決定不去理他。回去再買一台新的呼嚨過去好了，車還不都一樣。

她靈便的跳起來，優美的後空翻三圈，落地時，她給自己十分。但是這個爆掉的機車怎麼辦呢……巨大的聲響和火光雖然在她的安定咒之下沒有造成災情，但是聲音和火光是遮不住的，左右公寓出現了兒童哭嚎的聲音，附近的店家都抓著滅火器跑出來了……

考慮了一秒鐘，她決定裝死。所以，她一面說著，「哎呀，嚇死人，怎麼會這樣……」一面往破舊公寓走進去。

還沒按電鈴，舒祈疲憊又無奈的臉孔已經出現在門後，「……妳知道附近鄰居已經打算聯名把我趕出這個社區了嗎？」

「如果他們這麼過分……」麒麟向來很有義氣的，「我就叫女鬼軍團鬧他們個六畜不安、雞飛狗跳！」

舒祈深深的看了她幾眼，鬆了手，讓她進門。

不用費口舌就可以突破門禁……這是從來沒有的事情。向來天不怕地不怕的麒麟卻有點怕了。

「呃……」她清了清嗓子，「舒祈，有些事情我想問問……」

啪的一聲，舒祈扔過來一本宛如電話簿、龍飛鳳舞直逼火星文字的原稿，「自己隨便找台電腦吧。」

麒麟頹喪的垂下了頭。天哪，她都去魔界轉一圈了，怎麼舒祈的規矩還是不改？

「……我叫蕙娘來打。」

「老規矩，」舒祈專注的盯著螢幕，手底忙個不停，「我只回答蕙娘的問題，妳要她問的，我一個字也不會說。」

望著這本火星文電話簿，麒麟覺得自己瞬間枯萎，連慈獸化都沒這麼大的傷害。

「誰打不都一樣?!」她叫了起來，「為什麼……」

「妳不打也可以啊。」聽舒祈這麼講，麒麟湧起一絲希望，「得慕，送客了。」

……這死女人。含著眼淚，強忍住不耐煩，麒麟垂頭喪氣的分辨火星文字，試圖翻譯成正常的繁體中文。「什麼時代了，都快征服太陽系，還用手寫稿……」她喃喃的發著牢騷。

手寫稿也就算了，字體這麼窮困潦倒，張牙舞爪！

若說大聖爺的血統在她身上完全體現了惹禍專精、天不怕地不怕、絕對暴力傾向等等的強大因子，「完全閒不下來」更是遺傳得點滴不漏。

你要她翻江倒海，鬧個天翻地覆，這很簡單。但除了吃飯喝酒看漫畫可以安靜坐著，她連看個動畫電影都手舞足蹈，很誇張的哈哈大笑捶椅捶桌。讓她乖乖坐著好幾個小時不動打字？殺了她比較快。

「打字明明是脊椎管得比較多，大腦一點都用不上。」打了十頁，她深深哀傷起來，「為什麼每次我要問妳問題，妳都來這招？」

「這樣妳才不會天天跑來問東問西啊，長角的小姐。」舒祈淡淡的回答。

摸了摸自己很萌的角兒，坐立不安的麒麟嘆了口很長很長的氣，悶著頭繼續打字。

「妳明明是裡世界的居民……都城的管理者。妳若願意的話，紅十字會馬上會捧大把的預算讓妳過得錦衣玉食，住到皇宮去都有可能！幹嘛把自己住到垃圾堆，弄得像個拿蔥的大嬸，賺這點蠅頭小利……」

「那是你們的以為。」舒祈眉眼不動，氣定神閒的排版。「什麼裡世界、什麼管理者，是你們自己硬栽上來的，我只是個普通人，倒楣的被都城看上而已。我可從來沒有過問這些非現實的事情，是你們硬要跑來跟我講，要我幫忙……」她聳聳肩，「我這拿蔥的大嬸能幫你們什麼忙？我不懂。」

……最好是拿蔥的大嬸啦！若路邊隨便一個拿蔥的大嬸都可以用電腦收納鬼魂、自己擁有雷獸發電廠和數量龐大到難以計算的軍隊……那人間早就是三界之主，輪不到天界惹亂了啦。

瞪了她一眼，麒麟繼續打字，有意無意的問，「怎麼幻影咖啡廳關著大門？狐影去哪了？這不尋常……」

「我怎麼會曉得？」舒祈卻彎了彎嘴角，露出若有似無的微笑，「詳情我這凡人怎麼會知道？但我聽說了一點風聲和八卦。」

麒麟停下手，微微張著嘴。靠！我就知道！我就知道這該死的女人一定什麼都曉得！

「我聽說……東方天界徹底封天了。」舒祈神情自若，「因為南天門整個垮了，九重天坍方了三重天，死傷慘重。狐影似乎被禮聘去修復垮得七零八落的天界……」

「妳說什麼?!」麒麟失聲叫了出來。

……這叫做「一點風聲和八卦」？妳明明什麼都知道！

舒祈睇了她一眼，「這可不是偶然，而是絕對的必然。喂，別裝死。嘴動手也要動啊！打字不是脊椎管得比較多？」

「……」

舒祈說，在他們啟程去魔界不久，南天門有妖獸阻攔原本要毀滅中部城市的天界大軍。

這隻妖獸引起了絕大的混亂，天界大軍死傷慘重。最後連王母都御駕親征，卻因為西方死亡天使（已卸任）的干涉，強行在王母之前救走了殆死的犯上妖獸。

這場混戰從天上打到人間，更因為王母劇烈的神威，使得天界與人間的接壤產生了巨大的裂痕，而引起不可彌補的災難。

「以前的裂痕呢，頂多在人間發作而已。」舒祈淡淡的說，「海嘯啦、洪水啦、大地震啦，種種天災人禍。但這次卻只引起人間微小的變異，反而東方天界塌個一塌糊塗。不說被打爛的南天門，聽說九重天裡頭，一傢伙塌了三重天啦。天界已經很久沒有天災了——正確來說，這是人禍——死傷可就嚇人囉。」她語氣淡然，卻掩不住幸災樂禍的氣味。

麒麟微微張著嘴，呆了半晌。「……妖獸？」她人面廣大，消息不算不靈通。但她可不認識這樣威力強大的妖族。天界號稱「天毀地滅亦不壞，完全保固九九九」的南天門欸！誰可以獨力打爛哪?!

「上邪君嗎……？」若是他就有幾分可能。為了甜點師傅，狐影匆匆關店門去為夥計辯護也不是什麼不合情理的事情。但上邪雖然暴躁蠻橫，卻也頗識時務，為什麼要這樣……？

「若是上邪，那倒好辦。雖然他是辦得到的……但他好奉承，跟東方天界淵源也深，倒不至於如此……不是他。」舒祈瞥了她一眼，「妳的手停下來了。」

麒麟狼狽的裝忙，劈哩啪啦的打個不停，其實完全不知道在打啥，「那會是誰？若不是笨蛋明峰跟我去了魔界，我會以為他爆炸了。到底是……？」

舒祈沉吟了一會兒，「怎麼說好……這麼說吧，二十餘年前，預言中『毀世魔王』的降生時刻，同時有兩個孩子出生了。我說的『同時』，就是分秒不差，真正的『同時』。根據八字這種奧妙的統計學，他們的命運也頗為雷同。同樣一生皆有奇遇，同樣與異族女性有著牽扯不盡的緣分。但即使是同時出生的兩個孩子，還是有分歧和差異，絕不可能有相同的命運。」

「當中一個是我的小徒。」哇……這才是真正的八卦嘛！水果日報的那串狗屁算啥？

「另一個，也是某個異族的小徒。」舒祈悠閒的喝了口茶，「妳知道大妖殷曼嗎？」

「……李君心！」麒麟跳了起來，「我聽狐影說過！我早就想見見他們，但是時候總是不湊巧。我剛在都城收了明峰當徒弟，卻聽說他們雙雙歸隱，不知所蹤。等有他們消息的時候，我又出發去工作……從秦皇陵回來，明明就在附近的城市，卻總是遇不上……」

「你們大概是永遠遇不上了。」舒祈抿了抿嘴，「這就是緣分。你們是兩道平行線，走著各自的軌跡，知道彼此，卻無法交會……欸，妳不要以為我不知道，妳在打啥？妳錯了一個字，就得再幫我打上一本。妳若想在我這兒住下來，我倒是挺樂意的。」

麒麟狼狽的將亂七八糟的部分刪除重打。開玩笑，長痛不如短痛，舒祈家連米酒都沒有，她又最厭酒氣。住在這裡？殺了我吧。

看她勤奮工作，舒祈笑了出來。她私心還頗喜歡麒麟，這個不太像人的人類，和自己有種類似的氣息。不過，她不會說出來。

「總之，東方天界垮成這樣，王母難辭其咎。但妳也知道王母個性……何況天帝病體沉重，天帝的不肖子又關在南獄發瘋，現下是王母攝政了。她倒是鐵腕，一口氣關閉了所有通道，連各大都城的主要通道全關上，對人間辦事處通通撤回，不願歸天的神族一概革去仙籍。還有更厲害的，」

舒祈笑出聲音，「她連他方天界的通道都關了。理由是，他方天界居心叵測，干預她處理人間屬地。」

「……她有神經病啊？」麒麟終於罵出口，「我以為只有她兒子瘋了。」

舒祈聳了聳肩，「反正她鎖國了，而且鎖得非常徹底。我猜，她不單是為了接壞崩塌鎖國，還為了阻止凡人進入天界。」

「……怕天帝真的立我的不肖徒兒為皇儲？」麒麟確定王母有精神疾病，沒想到這種毛病可以逆遺傳，從兒子傳給老媽。

「這是主要原因之一。」舒祈嘆了口氣，她承擔了另一個倒楣的主要原因。「所以妳該慶幸。因為王母發了歇斯底里，所以你們可以平安度日。更因為王母示範了神威弄垮天界，所以魔界至尊不會親身來追捕，冥界也一鎖了事。畢竟魔界首都坍塌或者是大河改道，冥界的圍牆倒下，人魂跑個精光，都不是什麼值得高興的事情，對吧？」

「……嘖。」麒麟很不滿意。

「沒趕上這場熱鬧很遺憾？」舒祈無奈的笑，「我倒是很高興妳沒趕上這場熱鬧。妳若趕上這場熱鬧，恐怕不是塌了南天門而已。妳啊，喜愛危險的個性不改改，將來還不知道要闖多大的禍……居然從我這兒偷渡一個人類過去魔界！」

「半海妖。」麒麟糾正她。

「海妖血統比較濃重的人類。」舒祈瞪了她一眼，「妳知不知道魔王打了滿篇髒話的信來罵我？」

「我猜妳也寫信給曉媚，順便轉寄了魔王的來信。」麒麟不甘示弱的回敬回去。

看舒祈默不作聲，麒麟沒好氣。啊勒，我隨便猜猜，還真的欸……她為魔王默哀五秒鐘。

「沒趕上這場熱鬧我是很遺憾，但妳知道，我不會主動去找危險。」麒麟攤手，「我懶。」

「是啊，只是大門開開，歡迎危險走進來。」舒祈對她搖搖頭，「麒麟，妳是個人類。妳若認同這身分，就不要跟裡世界牽扯太深。」

……這種話，從都城管理者的口中說出來，怎麼聽都沒有說服力。

「我說過，我只是倒楣被選上。」舒祈泰然自若的排版，「神仙啦、妖啦魔啦，這些跟我沒關係，其實我也不太關心。我真正關心的是我的生計，我僅有的幾個朋友，而這些是現實、人間，真正的存在。我並不是自己喜歡，才跟這些超現實扯上關係。要我關心天帝的病情，我還比較願意關心樓下便利商店老闆娘的手傷好了沒有。我並不喜歡這些雜務，坦白說。」

「這是『嘴裡說不要，身體倒是挺誠實』的嗎？我看妳管得頗深入。」

舒祈倒沒有生氣，她只是淡淡的，「我從不管門外的事情。」

……但只要走進妳家門，妳不都管到底？

「好吧，沒趕上熱鬧就算了。」麒麟心不甘情不願的，「那狐影選擇回天囉？我還以為他死都不會回去呢。」

「這個嘛……」舒祈湧起神祕的微笑，「這是最後一個八卦。妳想聽到這個八卦，就把手裡的電話簿打完。」

「……妳也知道這是電話簿啊!!」麒麟怒吼了起來。

終於在酒蟲啃噬下，麒麟火力全開的將整本打完。舒祈檢視她打好的文件，「開頭就有錯字……」

麒麟跳了起來，忍痛將魔界至尊的羽毛塞給她。

「好吧，看在這份大禮的份上，」舒祈大方的原諒她，「就這樣吧。得慕，送客了。」

……不是這樣吧？妳還有一個八卦沒有說啊！

（或許在外人眼中，麒麟和舒祈是奇女子，擁有深不可測的實力。但是說到底，她們也是女人，女人就愛八卦，什麼種族的女人都一樣。）

「喂！妳這樣打發我？狐影的八卦勒?!」

「哦？哦哦哦，對，狐影。」舒祈有點遺憾，本來要騙這隻長角的麒麟幫她再打一本的，哪知道她現在想了起來。「詳情我也不清楚啦，但是我聽說……」

最好妳不清楚！老來這一套……

「本來狐影死都不回天界，但王母跟他交換了一個條件。只要他回天幫忙修復坍方的三重天，就保人間三十年平安。」

三十年？麒麟露出迷惑的眼神。嘖，不過去了魔界一年，她居然漏掉本世紀最大的熱鬧和八卦！「為什麼是三十年？」

「我怎麼會知道。」舒祈推了個乾淨，「不過天帝好像就只能活這麼長了。還是西方天界的上帝為了彌補死亡天使的過失，送了聖水讓天帝延壽十年。」

……最好妳什麼都不知道啦。妳嘴裡說不知道，八卦倒是挺多的……

「為什麼我被魔王拐去一年多呢？」麒麟很遺憾，「美酒和漫畫真是害人不淺啊。」

舒祈瞪了她一眼，搖了搖頭。

「總之，好好把握這三十年的好光陰。」舒祈淡淡的，「到時候我都不知道老成什麼樣子，也不知道卸任了沒……我知道妳沒差，但妳多少替妳小徒打算一下後路。三十年後，他的年紀說老不老，說小不小，王母準備夠了，真要斬草除根，誰又有辦法？」

「哪有什麼好打算的？」麒麟伸伸懶腰，「船到橋頭自然直。」她轉頭四望，發現舒祈家有些不同。

奇怪，怎麼退化成原子彈廢墟？還看得到地板。之前不都是核彈廢墟嗎？而且原本是無隔間的公寓，現在居然有了隔間，但多少有整理過，不顯得狹隘。

麒麟搔了搔頭，「妳終於想開了，使鬼靈幫妳收房間？」

「並沒有。」舒祈瞪她一眼，「什麼時代了，妳認為我會弄個奴隸主子的派頭出來？」

「……妳轉性了？」麒麟很難接受，「突然愛上收房間？」

「呃……」向來泰然自若的舒祈居然有幾分尷尬，「這是房租。」

房租？麒麟更摸不著頭緒，正待逼問的時候，大門突然開啟，一個年輕而有力的怒吼傳了進來，「舒祈！我出門才整理過，妳又弄得這麼亂！為什麼妳日常生活這麼低能？為什麼?!……靠！妳又吃泡麵！跟妳說過三百次了，妳不怕吃多了變成木乃伊啊～」

「食客話還那麼多！」舒祈少有的發怒起來，「司徒，你不高興的話，哪邊涼快哪邊滾！以為我很喜歡接你這燙手山芋嗎？」

那個叫做司徒的年輕人氣勢馬上枯萎了，低著頭咕咕噥噥著，一面提著兩大袋子的菜往廚房去，對著停在他肩膀上的白文鳥囉唆個不停，「每次都拿這壓我！我要有地方跑我還會留在這兒討人嫌？妳說是不是啊白姑？白姑，妳幹嘛不說話？妳說舒祈是不是很欺負人？明明知道我沒地方去還這樣，真的很過分對不對……」

白文鳥忍了又忍，忍了又忍，終於發火了，口吐人言，「閉上你的嘴行不行？我是造了什麼孽讓你收了……喂！青菜是這樣洗的嗎？你沒看到有泥巴？你怎麼教不會啊!!」

整屋子都是他們的聲音，突然熱鬧的跟菜市場一樣。

舒祈和麒麟默默相對。半晌，舒祈疲憊的揉揉眉間，「得慕。」

忍笑很久的少女管家張起結界，隔絕這對囉唆二人組的噪音。

「……這是妳情人呢，還是妳收了徒兒？」麒麟突然很熱切，哇塞，今天真是八卦極了的一天！

「都不是。」舒祈冷然，「他的年紀好當我兒子了，妳覺得有可能嗎？妳先別管他是誰，我是不得不收留他的。他來我這兒，是拜茅山派那個死很久的掌門人為師的。但他到底還是活人，醒著的時候必須有地方住，若不是欠了楊瑾人情，我何必這麼辛苦？如果妳想問的問完了，就快快滾吧。我還有大堆工作要趕。」

掌門人？麒麟興致整個來了，說起來，那掌門人和她有半師之緣。

「我也難得來，讓我去拜會一下掌門人吧？」麒麟說著就要離魂。

「別想。」舒祈硬把她的魂魄按回去，「還不到妳知道的時候……嫌妳惹的麻煩不夠多？好好想想將來怎麼抵擋王母的殺著要緊，三十年的準備還怕不夠呢！」

麒麟還想問些什麼，舒祈冷著臉揮下了魔王的羽毛，硬把她颳出大門外。

「……喂！哪有這樣的！」麒麟發怒了，「八卦還沒說完啊！這個司徒到底是誰啊?!」

隔著門，舒祈叫著，「等妳有心理準備打完二十本電話簿，再來跟我問他是誰吧！」

麒麟站在門口片刻，咬牙切齒的。不過想起二十本電話簿的苦刑……她只能乖乖摸著鼻子，直接閃人了。

八卦是很想聽，但她也怕舒祈改變主意，真的讓她打完那二十本電話簿。

＊　＊　＊

等她騎著五十CC小綿羊回去的時候，明峰氣急敗壞的追出來。「妳把我的『疾風號』騎去哪？我要買菜都出不了門！一聲不吭就跑掉……妳是不是幹啥壞事去了?!」

……這口吻，還真是熟悉。為什麼這年頭的食客氣燄都這麼高呢？

搔了搔頭，「……我出去走走。」

「妳還把車庫的門撞破！妳知不知道車庫的門要誰修？還不是我修！」

「你找個工人來修嘛。」她將車停好，摸進廚房找酒喝。

「……我們這種鬼地方，哪個工人敢來啊！」明峰吼了起來。

鬼地方？鬼地方都不鬼地方了……麒麟悶悶的灌了一大口萊姆酒，然後把耳朵塞起來。

明峰又跳又叫的數落半天，走到院子把麒麟亂停的機車牽進車庫……

「這不是我的『疾風號』！」明峰驚恐的喊起來，「我的『疾風號』有我布下的平安咒！我的疾風號呢?!麒麟～」

「車不都一樣？」麒麟趕緊提著剩下的萊姆酒衝上二樓，把房門鎖起來。

「妳到底把我的車怎麼了?!我可憐的『疾風號』……那是我的愛車呀！」

真囉唆欸。「騎炸了啦。現在的機車真偷工減料……」

「……甄麒麟！」

我為什麼會收這個婆婆媽媽的傢伙當徒弟呢？一面喝著萊姆酒，麒麟也納悶起來。

二、穿著神明外衣的妖異

蕙娘正晾著衣服。天空澄淨，像是剛剛洗過一樣，幾片絲滑的雲飛掠，這是南列姑射固有的春末晴朗午後，飄著白衣的蕙娘，漂蕩的白色床單，讓她有種既入世又出塵的美感。

麒麟滿足的趴在窗台上，喝著冰涼涼的白酒，看蕙娘在晾衣服。伸了伸懶腰，這是個可愛的假日午後。在歷經無數辛苦和危險後，這樣的靜謐顯得很珍貴、難得。

明峰去買菜，英俊讓鼻青臉腫的明熠接回去了——偷偷娶人家心愛的小鳥兒總要付出點代價——原本熱鬧到要炸掉的家顯得非常安靜。她倒是很享受這種安靜……即使是麒麟也需要偶爾安靜的沉澱。

可惜這樣的安靜太短暫。

「甄麒麟！」驚恐的明峰大老遠的就開始大叫，差點把機車騎上圍牆。不顧滿車的菜，他連滾帶爬的朝著樓上的麒麟揮拳，「為什麼中興新村在南投?!」

這不是廢話？中興新村一直在南投啊。「……你地理是不是念得很差？」麒麟懶懶的問。

「我地理比起歷史的確……」明峰警醒過來，「喂！我地理念得差不差有個鳥關係？重要的是、重要的是……」他顫巍巍的指著門外，「現在我騎機車出去，找了兩個鐘頭找不到菜市場！外面怎麼不是台中市?!」

其實呢，中興新村一直在南投，從來沒有搬家。

「呃，現在這樣才是正常的。」麒麟的目光飄向遠方，「之前是因為我弄了陽冥交界才直通台中市。你知道的，東方天界鎖國，冥界老大也不給方便了，這個通道怎麼維持……？」

「……妳怎麼沒告訴我?!妳不告訴我我怎麼知道?!我找了兩個鐘頭，找了兩個鐘頭的菜市場！」明峰氣得大跳大叫，瞥見麒麟手裡的酒，他呆了呆，「……妳、妳晚餐不是要吃白酒蛤蜊義大利麵？那妳在喝什麼？妳在喝什麼?!」

對喔，這是晚餐要用的酒。「家裡只剩下這個和米酒，我不要喝米酒。」

明峰瞪了她好一會兒，「那我就用米酒煮晚餐！」

「不要，那就不好吃了。」麒麟晃著還有半瓶的白酒，懶洋洋的說。

「那把白酒還我！」他跳上二樓陽台。

麒麟機靈的將窗戶一關，隔窗嚷著，「也不要！你再去買就好了嘛！家裡也不多存點酒，老讓我翻半天……」

「……現在要去菜市場要騎多久妳知道嗎？」明峰對她怒吼，「妳喝？妳還喝啊！我真懷疑妳真的有肝嗎？該不會早就溶解了吧?!」

他們隔著窗戶角力起來，明峰一時情急，脫口而出，「臨兵鬥者皆陣列在前！」

一陣霹靂雷火閃光，明峰炸掉了麒麟的窗戶，順便炸了麒麟的酒瓶。

麒麟驚愕的看著手上的破酒瓶，勃然大怒，「你把我的酒給炸灑了！」

明峰自己也嚇到，這、這是很平凡的九字切吧？為什麼威力這麼的……他還來不及想清楚，麒麟已經一把揪住他的胸口，「快去買酒來賠我！」

明峰也氣了，「就是不，怎麼樣?!妳偷我做菜的酒還要我去買？妳到底有沒有點當師父的樣子？」

麒麟推了他一把，明峰還了她一拳，兩個人很熱鬧的在二樓打了起來，滿室生塵。

晾完衣服的蕙娘默默的提起明峰買回來的兩大包菜……事實上是一包菜和一包沉重的酒。

看著五、六瓶酒，蕙娘頹下肩膀。酒都買了，你跟她打什麼呢？小明峰？

將菜一一放進冰箱，蕙娘穿起圍裙。她開始洗洗切切，準備做晚飯。二樓依舊打得熱熱鬧鬧，但是灰塵卻不會掉下來。

蕙娘早就研發出可以接灰塵的結界，省得她的主子和明峰鬧肚子。

本來殭尸不擅長結界這種複雜的防護，但是生命自會尋找出路，所謂百煉成鋼，她現在什麼都不會說「我不會」了。

跟了麒麟到底算好還是算不好，她也沒有答案。

齜牙咧嘴的照著鏡子，明峰看著自己被打破的嘴角。

這女人下手不能輕一點嗎？就這樣一拳打過來，饒是閃得快，還是讓她打中臉頰，不知道被她手上的戒指還是什麼鳥的割破了，瘀青之外還帶一點傷痕。

超痛的。

但他並沒有意識到，之前跟麒麟打架，他每戰皆墨，好幾次動彈不得的他都讓麒麟坐在肚子上或背上，麒麟還很囂張的喝酒取笑。

自從魔界歸來，他和麒麟打了個平分秋色，往往是蕙娘軟硬兼施（可能還不慎挨了幾拳）才把他們勸開，當然他也不知道，他照著鏡子擦藥的時候，麒麟默默捧著打疼的手、含著眼淚喝酒止痛。

一來是麒麟因為慈獸化，人類的靈力大幅減弱，又不能完全使用慈獸的力量，整體戰力下降許多；二來他在魔界經過磨練，不管是法力或修為都更上一層樓，在人狼族的艱苦生活也相當程度的鍛鍊了他的體魄。

不管怎麼說，對於一個修道不到三十年的人類來講，他已經大大的突破了許多人可望不可及的界限：跟禁咒師打成平手。

當然，沒有人告訴過他，他對這種能力也一無所覺。

他覺得自己還是跟以前一樣，若說多了點什麼……或許就是心裡多了點埋藏的傷口。非常疼，但含著苦澀的甜蜜。但他不會拿出一張苦臉給人看。這是他私自的祕密，私自的痛楚。他不願意因為這個痊癒不了的傷口，讓他重視的人也跟著難受。

所以，他也跟往常一樣，追著麒麟恐嚇她肝硬化的種種後果，費盡心機藏酒，和蕙娘一起下廚，閒暇的時候，他會就記憶所及，將魔界學到的一些法術和奧義抄錄下來，準備送份影本給紅十字會。

但有時候，像現在，望著鏡子的時候。他會不經意的看到自己耳上小小的紅水晶耳環。那麼小，像是一點血珠，沒有墜子，就是一根耳針上的朱紅，戴在自己的耳朵上。

男人戴著這個真是好笑……但他這一生大概都不會取下來了。或許有一天，他會淡忘這份痛楚，但有些美好經過時間的醞釀，反而更美好，更甜蜜。

我的羅紗、我的荼蘼、我心愛的花楸樹啊。

他用力眨了眨眼睛，不讓淚水掉下來。拜託，戴著耳環就夠娘了，還哭？或許是幻覺……但他覺得羅紗隨著他穿越那條痛苦的通道，一起回到人間了。他還記得羅紗臨終時的幻夢，可不希望她的夫君是個愛哭又不可靠的傢伙。

找出羅紗的遺物，上面的血漬已經褪了色，不似當初的怵目驚心。

他說過，他要替羅紗找個衣冠塚。讓她在幻夢裡的田園永眠。

很多事情他不明白，比方說，未來之書。麒麟解釋過，他還是覺得很難了解。一定有什麼地方弄錯了……我很普通，不可能是什麼「繼世者」。但麒麟不提這些，只是北上一趟回來以後（還騎炸了他的疾風號！），淡淡的告訴他，危機解除，最少三十年內沒有人會來抓他。

其實，不管有沒有人來抓他，他都決定了。

「蕙娘，」他背著行李下樓梯，「麒麟呢？」

蕙娘正在補麒麟牛仔短褲上的破洞，有些無奈的輕笑，「她睡了。你買回來的半打酒，她全灌完了。」

……她以為她在灌蟋蟀？

「但我想跟她說……」

「麒麟說，你若要出門旅行，把通訊錄帶著。」蕙娘遞給他一本小小的冊子，「這裡頭有些她朋友的電話和地址。遇到什麼過不去的難題，就去找他們吧。最後一頁是我的手機……別不好意思，一家人有什麼不能開口的？」

明峰張著嘴，好一會兒才找到自己的聲音，「但、但是妳們怎麼知道……」

「時候到了不是嗎？」蕙娘凝視著他，「有些傷痕不是蓋著不去看，就不會發炎、腐爛。」

他呆了一呆，背著行李挨著蕙娘坐下，接過了通訊錄。「……其實我不知道，我為什麼會愛上羅紗。說不定只是琴聲感動了我，而她的悲慘讓我憐憫……但是蕙娘，愛情是什麼呢？我想到她就會心頭發疼，她目光都可以拘束我的呼吸。只是坐在她身邊彈琴，我就會、就會，就會覺得無比開心和喜悅……

愛到底是什麼呢？難道不是混合了狂喜、憐愛和同情？不是所有美好情感的集合嗎？我也不懂為什麼會愛上她，但我也不願意失去她……就算她不愛我也無妨，若她能好好活著……

現在我只能為她做最後一點事情，也就只能做這些。雖然安慰的是我，不是死去的她……但我還是想去做、要去做……」

我的羅紗、我的荼蘼、我心愛的花楸樹啊。

他靠著蕙娘哭泣，蕙娘安慰的攬著他的肩膀。發現他耳上的紅水晶微弱的閃爍，像是淚光般。

不過，蕙娘什麼也沒說，只是淡然一笑。

「去吧。」蕙娘遞手帕給他，「你不喚英俊前去？」

明峰寧定了一點兒，表情有點不自然。「我想自己去……哼，便宜那個混蛋了。讓我發現英俊少了根羽毛，我就讓他六馬分屍！」

蕙娘無言了片刻。別說現在馬兒是希罕的牲口，難得一見，何況還要拉到六匹馬來。她也不想問第六匹馬兒是要分那個部分。

目送明峰遠去，發現她那個醉睡過去的主子，兩眼炯炯有神的坐在客廳裡，按著遙控器。

「讓他這樣獨自出門，妥當嗎？」蕙娘不是不憂心的，「東方天界鎖了個乾淨，他方天界也差不多撤光了。人間真正無政府狀態了……妳看明峰這麼一個人出遠門……」

麒麟沒好氣的甩著手，「瞧見沒？這該死的孽徒把我的手背打青了！妳放心，遭殃的絕對不是他，是那些想吃他的妖異。哪個不長眼的想抓他，那叫做自找的遭瘟。老賴著我成什麼體統是不是？總要出門磨練磨練。」

「……妳只是氣他晚餐不肯做布丁吧？主子，妳真的吃太多了……是，我知道妳腰圍一吋也沒有多，但是妳舊傷的皮薄了很多……真的會裂的。」

「裂了再說吧。」麒麟隨口敷衍，「趁孽徒出門，蕙娘，我想吃焦糖布丁、巧克力慕斯、草莓塔……對了，還有明峰藏在他房間裡的那瓶香檳。」

「……」

從家門出來的時候，天空一彎淡淡的月。

春末的月夜，安靜、而且冷冽。其實，他該睡醒再出發。但有種感覺，有種「非啟程不可」的感覺催促著他。

啟動買菜的小五十（前面還有菜籃），他知道長途旅行不該騎小綿羊，但他不知道自己的旅途是長還是短。甚至，他不知道羅紗臨終幻夢的田園是不是在列姑射島。

既然精神很好，好到覺得非立刻踏上旅途不可，他就暫時不去想這些問題。

道路無盡綿延，鍍著月光，像是白銀打造的大道。許多美好的情感、景致，在他腦海湧現。大路啊長呀長……他想起《魔戒》，想起比爾博的冒險，和他的〈健行歌〉。

「大路長呀長，從家門伸呀伸。

大路沒走遠，我得快跟上……」

他胡亂編著曲子哼著，心情越來越好。月夜有種魔力，讓許多不可能化為可能。或許是幻覺吧……他似乎感到羅紗坐在後座，將臉貼在他背心，微笑著聽他唱胡編的歌。

我們若生活在對的時間，我會帶妳出來兜風。羅紗……如果妳不嫌我窮，就算妳是特種行業的小姐，我也會喜歡妳，而不會強迫妳改變。就像笨蛋表弟愛著英俊，據說英俊偶爾會化作飛行形態帶他出去閒逛。

就像這樣，沒什麼目的，只是閒逛。

「快腳跑啊跑，跑到岔路上，四通又八達，川流又不息。

到時會怎樣？我怎會知道……」

他引吭高歌，唱著《魔戒》的〈健行歌〉，小綿羊用不快的速度在空無一人的產業道路疾行，但周圍漸漸喧譁，愉悅的明峰卻沒有發現。

等他意猶未盡的停下聲音，卻聽到歌聲沒有止息。

他張大眼睛，望望四周。一列長長的隊伍跟隨著他的機車，歡欣鼓舞的像是遊行一般。

這是支怪異的、奇特的隊伍。有一隻腳的鳥兒，也有八隻腳的青蛙（吧），奇形怪狀，什麼都有。

他知道這是什麼……這是所謂的「精怪」，連妖族都不算。他們孕育於自然，但又安逝於自然。有的是草木所化，有的是天精地氣所感，壽命不如妖族的長，雖然他們也使用妖族的語言，甚至有些會勉力修煉成為妖族。但大半都自然生成，也極力和其他眾生保持距離。

若是以前的他，遇到這種精怪，通常都是大叫一聲，扔出火符然後逃之夭夭，即使知道這種小精小怪沒什麼威脅性。而且在他大叫的瞬間，通常被嚇得更厲害的是精怪。

但他已經不是以前眼界狹隘的明峰了。甚至覺得這群又蹦又跳，歌舞得極度忘形的精怪們很滑稽可愛。

嗯，會讓他想起遙遠魔界的人狼兄弟姊妹。

「大路長呀長，從家門伸呀伸。」他起了頭，而且用人狼那邊學來的妖族通用語，「大路沒走遠，我得快跟上……」

這支又蹦又跳的精怪隊伍更高興的如痴如醉，扯著嗓門應和：

「快腳跑啊跑，跑到岔路上，四通又八達，川流又不息。」

明峰接著唱，「到時會怎樣？」

一陣嘿嘿嘿的笑聲，他和精怪們齊聲合唱，「我怎會知道?!」

歡呼聲、囂鬧聲，把平靜的月夜炸起來。明峰把車停下來，看著這群宛如嘉年華會的精怪，「嗯，你們跟著我有什麼事情？」

精怪們靜了下來，瞠目看著這個看得到他們的人類。

只是因為夜色太美，他們從山林裡出來，順著銀樣道路載歌載舞。剛好聽到那富有魔力的歌聲……仗著人類看不到他們，他們一個接著一個，跟在疾馳的鋼鐵後面，一起唱著歌。

現在怎麼辦？這樣的人類當然不太平凡……雖然說封天絕地，那些囉唆的神明和趾高氣揚的魔族不在人間活動，但有些壞人會綁他們當奴隸，永遠失去自由……光想到就冷汗直冒。

他能唱這麼迷人（迷精怪吧？事實上明峰的歌聲……嗯……）的歌，說不定是某種險惡的法術所致。

要不要逃跑？但背對著恐怖法師逃跑很危險啊……

結果精怪們像是被蛇盯上的青蛙，默不作聲的僵持著。

這個人類卻笑了起來，和藹的用妖族語言說，「別害怕。跟你們唱歌很開心喔。」他發動鋼鐵，像是要離去。

精怪們大大鬆了口氣，但看他要往不祥的方向騎去……面面相覷，鼓起勇氣攔住他的車。

「大人，那個方向不好。」精怪你推我擠，一隻老貓被擠出來，硬著頭皮對明峰說，「那方向，有恐怖法師。不好。」

問了半天，明峰也聽不懂他們的意思。只是精怪一起搖頭，凝重的請他改道。

是有什麼不好？明峰思考了半晌。「我想找一處翠綠的田園，像這樣。」他將思念傳達給精怪們，「你們可知道哪裡有類似的田園？」

精怪們點點頭，指著他正要去的方向。「但那邊有恐怖法師。」

「哦，我想不會比吸血族恐怖。」明峰漫應著，「謝謝你們，有機會一起唱歌吧……」不知道精怪會不會去KTV呀？一起去唱歌一定很high。

精怪們默默目送人類的背影，很一致的感到哀傷。

天濛濛的亮了起來。但春末的清晨常常有霧，在牛奶似的霧中，出現了新嫩的綠。

他被觸動了心靈，深深吸了一口乾淨得幾乎令人疼痛的空氣。

是……是很像。很像羅紗臨終幻夢的田園。說不定每個平凡度日的農家，都藏著羅紗的渴望。

他隔著一小段距離，遲遲不向前。他在等，等著眼睛裡打轉的淚花乾涸，他才有勇氣往前。

等心情略略平復，霧也開始散了。他發動小綿羊，朝著嫩綠騎去……

的確，是很美麗的田園，或者說，曾經是美麗的田園。

他看到的嫩綠只剩下一點點田埂，和沒有挖淨的秧田。看殘留的田埂和灌溉溝渠，應該曾經是個遼闊的稻田，或許還有農舍。因為他還看到一片頹圮的牆壁，底下有個半毀的灶。

他有些訝異。但他不知道他已經進入嘉義縣內一個偏僻的小山谷。這山谷讓大山溫柔的環抱，卻大約有十畝左右的良田可以耕種。過去的確是蓊鬱的稻田，但現在，在霧氣散去的時候，赤裸裸的露出它的傷痕累累。

在這片原本翠綠的土地上，座落著簇新的廟宇。這大概是明峰見過最醜陋的建築物，只有魔界的聖后之都可以相媲美。

方方正正的像是公寓一樣，蓋著不倫不類的水泥琉璃瓦，和更不知所云的水泥塑造龍雕欄杆，水泥塑造雕牆，盤著水泥死龍的龍柱。

他明白，他也知道，這種廟宇風格在這小島很常見，甚至蔚為主流。就跟道釋合一，菩薩和仙尊排排坐一樣普及。但那些不怎麼好看、也不甚正統的寺廟，卻有種虔誠的土味，一種親切的粗陋和單純。

這棟醜陋的廟宇規模大得多了。但他感受不到那種單純，有種恐懼、陰沉，漂蕩在嗆人的檀香中。更妙的是，這廟宇朝著鬼門，連香爐、天門的擺設都屬陰，一切安置都不對，亂七八糟的。

明峰生於道門世家，祖上嚴訓，不許以此維生。他的爸爸和叔伯雖然是裡世界有名的道門大師，但各有營生。他祖父務農，爸爸開著毛筆店，雇著人看；叔伯有的是公務員，有的經營著小小的公司。

雖然也接當權送來的案子，卻很客氣冷淡的保持距離，婉拒所有的收買。不然要像崇家般顯貴，又有何難？但家風如此，明峰耳濡目染，也對權勢富貴一逕淡泊。雖然他在家的咒學得很差勁，但堪輿祓禊，這類基本功可一點都不馬虎。

很糟糕。若是一點都不懂，胡亂擺置，那反而沒什麼妨礙。不知道是巧合還是刻意，這廟宇弄成這部田地，恐怕比百年大墓還陰。

這真奇怪。

他在廟前停了好一會兒，一車車遊覽車載來大量的人群，沉默的旅客下車，但懷著不安、惶惑，甚至是迷惘的走進廟中。

撇開天界的掌控不說，「信仰」本身是種堅固而強悍的咒。信仰是對神明的信心，即使不是真的神明。但信徒懷著這種堅定信念，往往可以因為心裡浮現的神靈，熬過最淒慘的難關。

與其說人類需要信仰神明，不如說人類需要「信仰」這樣的倚靠，只是解釋成神明的庇祐。

但這些信徒卻沒有堅定信仰中的安然、無畏，反而有種不安的氣瀰漫著，像是恐怖。

這真的很奇怪。

停好了機車，他背著行李走進廟宇。年輕的僧侶看見他，笑吟吟的前來招呼：「施主哪裡來？來解運，還是來問前途？」

「呃……」明峰搔了搔頭，「我路過，順便來看看。」

「歡迎歡迎，這一定是菩薩的保佑，讓您離開迷津，走向光明大道。您先請坐，小僧為您看茶。」

年輕僧侶拿了張傳單給他，說了聲阿彌陀佛就先離開。

明峰坐下來，看著手裡的傳單。

「【正財運動】已經起跑了！……」

這張傳單落落長寫了一大堆，痛批有頭有臉的宗教名人。責備他們是末法邪師，錢都不知道用到哪去，巴拉拉沒完沒了，順便罵政府無能之類的。

最後卻讓明峰啼笑皆非，「莊圓師父呼籲『正財運動』！請勿再將錢財奉獻於各『末法邪師』助其造業，自己亦造作惡業！讓這世界因此恢復它原本的清靜面貌！」

說來說去，就是希望香油錢別落到那些大師手上，都落到莊圓師父這兒就對了，這樣才是「正財」！

難怪這個醜成這樣的廟宇規模這麼大。

年輕僧侶滿臉堆笑的端了茶來，明峰著實渴了，端起來……長期被妖異糾纏的他，還沒沾唇就放下茶杯。

「抱歉，我忘記說，我不喝茶葉。」明峰笑了笑，將茶杯推遠些。

僧侶臉孔變了變，還是滿臉笑容，「是小僧沒問清楚，我換杯開水。」

「不用忙，我不渴。」

僧侶有些狐疑的看看他，還是笑著問，「傳單可看了沒？說起來佛法精深，一張紙是說不盡的。這些末法邪師，真是萬死難辭！不若師尊莊圓師父慈悲為懷，以天下為己任……財貨乃是煩惱的根源……捨身外財，保萬世福！施主姓名八字？小僧略通命理，為施主免費卜算，如何？」

明峰忍不住噗嗤一聲。他去紅十字會念書，正統家學沒學到什麼，倒是泡了好幾年的大圖書館。有陣子還拿「邪教」寫過論文。邪教往往根源於正統宗教，表面看並無異樣，但行為如出一轍，甚至和異族掛鉤。

沒想到千山萬水的，回到家鄉，行為運作居然沒有大改，也算是奇妙的事情。

「得了，加味茶、洗腦，都免了。」明峰直接戳破他，「你們老大是誰？我只是好奇，見他一面就算了事。你不必用我的姓名八字當引子，我也不會入你們的甕。只是單純覺得這地點不太吉祥而已，我跟你們老大提一提就算了，不會礙你們的財路。」

年輕僧侶勃然大怒，「你是哪家無恥報社派來的？我們可是登記有案的寺廟，你想亂寫些什麼？師弟、師弟！又有無恥記者來了，快把他請走！」

衝進來幾個大漢，滿臉橫肉。說是和尚，還不如說是黑道分子。「快走！沒什麼好寫的！」擄袖捋臂，頗有幹架的架式。

比起人狼威勢如何？明峰有點厭煩。「不然跟你們主持說吧，說我是紅十字會的，看他怎麼說……」

「沒什麼好說的！」橫肉和尚吆喝著，「那幾個女人是自殺，前世沒燒好香才有這種劫！跟我們什麼關係？滾滾滾……」

唉啊……鬧出人命了？明峰沉下了臉。正一觸即發的時候……

「師弟，別動他。」一個瘦瘦高高的僧侶走了出來，冷冷淡淡的瞧了眾人一眼，這些凶神惡煞似的和尚嚇得立刻低頭顫抖，「師父要見他。」

明峰攤了攤手，跟在那個瘦高僧侶後面，走進了後殿。

瘦高僧侶領他在禪房外等候，輕輕的叩了叩門。

過了一會兒，一個神情茫然的女人開了門，見了他們吃了一驚，閃閃躲躲的離開，但明峰的憤怒卻越來越熾熱。

騙財，或許只能說神棍假借神意，攻擊人心的弱點，滿足神棍的斂財貪婪，但錢財是身外之物，再賺就有了；但騙色？他知道這些神棍是怎麼說的……若不這樣度劫，家人就會遇到怎樣的災難什麼的，沒有神通的就叫個不肖徵信社調查一下，雇幾個人去對苦主家人施暴，讓婦女心生畏懼，不得不從；有點神通的，又更裝神弄鬼，結果還不是一樣？

但這些女人內心的傷口幾時會痊癒？

他覺得胸口的舊傷隱隱作痛，隨著憤怒的熾熱跳動著，狂信者幾乎蠢蠢欲動。

給我退回去，搞清楚誰才是主子！他在內心怒吼，鎮壓住狂信者式神的狂躁。

「施主，」瘦高僧侶等了他一等，「師父等著跟您見面呢。」

明峰揩了揩額頭的冷汗，踏進禪房。他才剛踏進去，大門立刻關了起來。一陣強烈嗆鼻的檀香撲了上來。

簡直令人無法呼吸。

穿著灰布直裰的老師父，坐在紅木椅上，慈藹的看著他，「施主，請坐。光臨寒寺，真是蓬華生輝啊。」

明峰沒有動，只是用冷淡的眼光看著他。看著他嘴皮不斷掀動，一開一闔，觀外表，也真是鶴髮童顏，頗有世外高人的仙氣。

可惜，這樣皮囊，還是包不住那股貪婪的惡臭。

「封天絕地了，你拜什麼佛，敬什麼神明？你說什麼他們也聽不到。」明峰看著室內純金打造，兩人高的菩薩，「還有，你死多久了？身為一個死人還貪色斂財，你不覺得很好笑嗎？」

老師父停下他催眠似的說法，渾濁卻晶亮的老眼牢牢的盯著他。他發出夜梟似的笑，「……怎麼可能呢？你怎麼會發現的？我的氣味掩蓋得很好。」

明峰聳了聳肩，沒有回答。他讓妖異纏了大半輩子，對這種氣息太熟悉了。不過，他真的很好奇，眼前這個穿著人皮的妖異，是怎麼解決統御權的問題？

妖異有個天生的弱點難以克服。這種根源於腐敗人魂、敗德妖魄的怪物，往往因為對生存的過度執著，而必須吞噬其他眾生。但被吞噬的殘留意識又因為生存的執著而互相爭奪領導權。往往在爭完領導權之前，妖異會被自己困住，動彈不得。

等好不容易解決了統御權的問題，這隻獲得自由的妖異又吞噬了更多眾生，但這些眾生當中能力較強的又會開始爭奪領導權……因此無盡循環。

不吞噬，妖異會自然滅亡；吞噬，又可能造成自我封印。這就是妖異一直上不了檯面，成不了氣候的主因。

但他眼前這個人皮妖異，卻沒有尋常妖異的那種混亂、心智失常的現象（主意識難以全面駕馭眾意識的後遺症），他很清醒而明顯可以駕馭眾意識，雖然是邪惡的、貪婪的清醒。

要不就是有個修行極高的人魂或妖魄在主宰，那就有些棘手。

老師父對他貪婪的舔了舔嘴唇。多麼乾淨、上等的採補對象！他已經很久很久，沒看到血統這麼純的人類。光聞到味道就快受不了了……但他是個謹慎的妖異。他能建立起這樣龐大、隱密的宗教王國，並不完全是憑恃眾神歸天的真空。

因為他聰明。只是有時候會出點兒差錯……不過不要緊，那些幾乎被他啃食殆盡的女人都「自殺」了……縱然懷疑又如何？那不過是無數巧合中的幾樁罷了……

他餓了，很餓很餓了。他想要吞噬這個乾淨的人……從頭到尾，連皮帶骨頭都啃個乾淨。但他的謹慎阻止了他。這個人類沒有被他迷惑，甚至一眼就看穿他的本來面目。

他和明峰對峙著，相對無言。原本濃重的檀香一點點的加深、加重。

等明峰驚覺的時候，他已經完全呼吸不到空氣，只剩下窒息的檀香。糟糕，太大意了。他試著屏住氣息，卻只是讓窒息感更深。

他眼前的老師父獰笑，嘴角咧到耳後。

或許放出狂信者？明峰猶豫的抓著胸口。但他明白現在的自己，還不能駕馭……或說他還不能駕馭自己的憤怒。外面的信徒都是無辜的……

這種鄙惡的香氣實在噁心，他多麼懷念、多麼懷念羅紗溫柔的芳香。

心田裡字句湧現，他失神片刻。「我的羅紗，我的荼蘼，我心愛的花楸樹。」喃喃的念著。

溫柔的香風湧現，包圍在他身上，排開鄙惡的氣息。他的左眼突然能夠看穿所有的虛偽，真正的看到了妖異的真面目。

他還有粗略的人形……不過也只徒具人形罷了。像是被剝掉皮、有些腐化的屍體。妖異發出尖銳歡呼的聲音，他認為完全不動的明峰已經因為太多的毒香痲痹無法動彈，整個融化得跟蠟燭一樣，便迅如疾電的撲過去想吞噬掉他。

沒想到撲了個空。明峰抬起頭，左眼閃爍如寒星。舉起左手，像是孩子玩槍戰般：

「你已經死了。」

但他不是攻擊人皮妖異，而是將虛無的子彈打進黃金打造的神像。薄薄的黃金外殼龜裂，轟然而出的巨大妖異發出驚人的慘叫。那顆虛無的子彈打穿了他的額頭，微光一閃，明峰的左眼卻看得清楚，是片玻璃似的碎片。

敏捷的一抓，當他切斷妖異與碎片當中的絲連，龐大的妖異整個崩潰，無數意識和還沒消化殆盡、失去理智而瘋狂的眾生一湧而出，像是蝗蟲一般。

明峰大吃一驚，等他看清楚這些被吞噬而沒完全消化的眾生幾乎都是精怪時，心裡隱隱作痛。

所以他們才說，這個方向有邪惡法師，只能消極的逃避這個方向。

握著火符的手緊了又鬆，鬆了又緊。殺他們，於心不忍；不殺他們，失去理智的瘋狂精怪只會變成妖異。

他們聽不聽歌呢？他們也跟正常的精怪一樣喜歡唱歌嗎？

「大路長呀長，從家門伸呀伸……」明峰唱起歌來，兩句簡單的歌詞，卻鎮壓了失序的瘋狂。

他啞然片刻。當麒麟的徒弟，不得不承認，這種看起來簡直荒謬的小說對白，往往是最容易感動眾生的咒。

不知道托老知道他筆下比爾博的〈健行歌〉被拿來這樣用，會不會笑到捶椅捶桌啊……

「那遠方路已盡，讓別人來走吧！去踏上新旅程！

我的累累腳啊，要往那旅店走，好好的睡一覺……」

「好好睡一覺……是該好好睡一覺……」精怪們反反覆覆的唱這一句，身影漸漸變淡、消失，伴隨著在風中飄蕩的嗚咽。

當妖異徹底崩潰消逝的時候，整個醜陋的寺廟突然響起憤怒的地鳴，樓柱動搖。失去被妖異控制的弟子和信徒迷惘的互相對望，然後驚叫著逃出這個即將崩垮的建築。

當一陣天搖地動後，整座寺廟垮成廢墟時，他們回顧過去，像是場漫長的惡夢。

明峰騎著機車，俯瞰亂成一團的弟子和信徒，看起來，好像沒什麼傷亡。但芳香的風已經遠去，他的左眼，又恢復正常了。

攤開手掌，那片染了血的碎琉璃閃著微光。他搔了搔頭，將碎片放在皮夾裡。

吹著口哨，他哼哼唱唱的上了機車。或許過個幾十年，這裡會恢復原貌，若那時他還找不到幻夢田園，或許會再回來吧。

「大路長呀長，從家門伸呀伸。

大路沒走遠，我得快跟上……

快腳跑啊跑，跑到岔路上，

四通又八達，川流又不息。

到時會怎樣？我怎會知道……」

因為他唱得很專心，所以不知道流離顛沛的遊魂站在道邊接受他的「供養」，也不知道眾生們藏在樹梢、飛在空中，聆聽他嘹亮的歌聲。

當然他更不知道，他的後座有一抹白色的倩影，收斂著蕩漾的香氣，表情是那樣的愉快。

這是個美麗的春末午後。

三、真實和偽造的瘋狂（上）

明峰一直是個守規矩的人。自從他有了機車以後，第一件事情是先買本「交通規則」手冊，仔細反覆的研讀，直到幾乎可以背誦為止。

雖然他早就領有國際駕照、輕型民航機駕照、遊艇駕照……等等等等，說不定一輩子也用不到半次的大堆證明，但這完全不會讓他忽視小小的機車交通規則。

所以，他被交警攔下來的時候，事實上是非常莫名和震驚的。

難道我疏忽了任何細節？他仔細回想，但看起來像是發呆的表情卻讓交警非常不高興。

「欸，發什麼呆？駕照行照！」交警一把奪去他的駕照行照，狠狠地教訓他，「很屌是不是？很拉風是不是？三歲小孩都知道要戴安全帽，你這麼大的人不知道？」

明峰莫名其妙的摸了摸他腦袋上的安全帽，「警察先生，我有戴啊。」

「你當我瞎子？」交警可能剛吃過上司的排頭，臉拉得老長，「我知道你有戴……

但你女朋友呢？你自己的命要緊，女朋友不戴安全帽不要緊？而且她還側坐！什麼年代了……還要人教嗎?!」

明峰轉過頭去，後座空無一人。「……警察先生，我不但沒有女朋友，而且後座也沒有人。」

交警瞪著他，又看了看後座，那個女孩讓柔厚的長髮遮住了半張臉孔，只露出小巧的下巴和雪白的半個臉頰。

當我沒看過鬼故事啊?!「先生，我年紀雖然不小了，靈異故事和鬼板可沒少看。」他深深吸一口氣，用最大的聲量吼著，「你以為裝裝樣子可以唬弄我省張罰單?!很抱歉，這個鬼故事我已經看過了……」

他朝那女孩的肩膀推去……那女孩漾起耐人尋味的微笑，然後在他面前化作一股香風，消失不見了。

他僵住，夏初清晨的陽光，卻讓他汗出如漿。

「警察先生？」明峰轉頭看著臉色慘白的交警，疑惑的看看這樣宜人的陽光。這樣的陽光能讓人中暑嗎？怎麼交警動也不動，好像要昏倒了。

「……快走。」交警僵硬的揮揮手。

明峰更摸不著頭緒了，「呃，不要開罰單了嗎？」

「叫你走還不快給我走!?」交警吼了起來，聲音帶著不穩的顫抖，用力將駕照行照塞給他，「再不走就開張三千八的讓你繳五次！快給我滾！」

看錯就看錯，需要這樣惱羞成怒嗎？明峰嘀咕著，發動機車，噗噗的騎遠了。

原本消失的女孩，不知道什麼時候又坐在後座，轉過頭來，笑笑的看著交警，還揮了揮手。

這超越了我的極限。交警想著，晃了兩晃，軟綿綿的暈倒在地。

從這時候起，這個產業道路，又多了個親身體驗的靈異故事。

離開那個凶巴巴的警察先生，他騎進蜿蜒的產業道路。

看了看地圖，搔了搔頭。不知道為什麼，每次他看地圖集都有種看天方夜譚的感覺——聽起來滿像那回事的，事實上完全是虛構。

他現在困在不知名的產業道路進退不得。理論上，他知道他已經到了嘉義縣。但他到底在嘉義縣的哪裡，卻一點概念也沒有。眼前無數岔路的產業道路跟迷宮沒什麼兩樣……他懷疑這可能是政府為了腦力激盪規劃出來的奇特結構。

而且這些產業道路，幾乎都沒有路標。

自棄的嘆了口氣。反正他只是想要找夢幻田園而已……這一路上找來，他的確看過不少美麗的田園，但都跟羅紗的幻夢有段距離。

太完美是不行的……那田園應該有口井，有著樸素的黑瓦三合院。而不是這些美麗精緻、跟別墅沒兩樣的豪華大農舍。

但他沒有什麼不快的情緒。或者說，他懷著放長假的快樂，在無數產業道路前行，有些時候會迷路，在荒郊野外露宿都有可能。

偶爾、非常偶爾的時候，他還會嗅到荼蘼的香氣。在這夏天已至，飄蕩著季節外的美麗。

他什麼都沒說，甚至連動心都未曾一動。太多的虛妄期待只會帶來更多傷痕。

不過，在明顯迷路，對著三叉路大傷腦筋的此時此刻，薄暮降臨，而他還沒找到可以下榻的地方，這股淡得幾乎聞不出來的香氣幫他做了選擇。

「……左邊是吧？但左邊一直都不是好的道路啊……」他叨念著，卻乖乖的往左邊的岔路騎去。

淡淡的香風席捲，像是輕輕的笑聲，冉冉沒入暮色中。

騎過了大片大片的竹林，風中傳來酸甜的芳香，不知道是桃花還是李花。端午前後，麒麟雖然不是妖怪（距離也非常接近了），總是懶懶的高臥不起。某年端午，她一個人幹掉一大罈的雄黃酒，雖然沒有打回原形，卻足足病了三天。

（正常人喝掉一大罈雄黃酒不是病三天可以打發的吧？）

後來蕙娘為了避免這種「悲劇」，端午前就會忙著釀桃酒、李酒，省得斷了酒糧的麒麟又喝了太多的雄黃酒生病。

「……不弄雄黃酒也沒差吧？」那時的明峰傻了眼，老天，滿地窖的酒甕啊……

蕙娘很憤慨的抬頭，「誰說我們麒麟是妖怪？這是傳統！中國人麼，端午節是一定要喝雄黃酒掛艾草看划龍舟的，禮不可廢，你沒聽過嗎？」

「沒聽說過哪家妖怪還喝雄黃酒的。」

看著蕙娘手臂上大片的「艾草疹」和「雄黃酒過敏」，明峰默默接過那串子艾草，認命的去掛門首，門前門後灑雄黃酒，免得蕙娘的過敏越來越嚴重。

今年他不在，不知道蕙娘辦端午的時候，會不會又滿身疹子？

他很不願意承認，但他的確很想「家」。

正胡思亂想的時候，他發現產業道路成了碎石子路，路的末端隱藏在長草中，路痕被掩沒了。

他心裡暗暗喊糟，可能又是某個山村廢了，這路沒人走，全讓草掩了。四周漸漸暗了下來，空氣中帶著潮溼的雨氣。

露宿是沒什麼，但似乎要下雨了。

「沒路了。」明峰攤攤手，「只能趁下雨之前先回頭……」但他胳臂感到幾滴冰冷的沁涼。

找個地方躲雨吧？但這荒郊野外……

像是回答他的問題，在長草間，隱隱的有燈光在晃動。他精神為之一振。

有燈火，就有人，有人就有屋頂。門檐下也比淋著雨好不是？他謹慎的騎著小綿羊，沿著難辨的路痕，朝著燈光騎去。

才剛看清楚是棟兩層樓的破舊別墅，夏雨氣勢驚人的轟然而至。

他狼狽的連跑帶跳，背著行李衝到門口。那棟破舊、卻有著巴洛克風格的別墅，有個寬闊的門廊，剛好讓他避雨。

這別墅的年紀搞不好比他爸爸還大。他抬頭看著有些斑駁的石膏雕花。一般來說，老房子沉積了多年的人氣、情緒、喜怒哀樂，容易同時「沉積」一些「異物」。若是以前的他，大約甘願冒著騎進山溝的危險，避之唯恐不及。

我的確有些什麼改變了。明峰想著。或許他沉穩多了，也可能是，他有了保護自己的能力。雖然不願意干擾英俊的幸福，但若出了什麼他沒辦法解決的意外，他可以召喚自己忠實的式神。

而且，他也不再討厭裡世界的居民。並不是每一個都想拿他下肚，只不過會主動前來尋他的，通常都是那些比較積極的異族罷了。

像是被磅礴的夏雨蒸騰出來的陰氣，有些凝聚成透明的黑影，正在貪婪的舔舐他的影子。

麒麟說過，他們兩個對於鬼魅、妖族來說，是非常甜美、滋補的食物。哪怕是虛無的影子也好。

但他跺了跺腳，嚇跑那些不成氣候的妖異。不是他小氣，分點兒精氣給他們，不過睡一覺就可以恢復。但他體內的狂信者式神，已經內化成他靈魂的陰暗面，也混在他的影子裡，對這些小妖異來說，是包著甜美糖衣的劇毒。

如果可以，他不願意殺生，哪怕是帶著惡意的妖異。並不是只有人類才有權生存在世界上……只不過身為人類的眷族，他不容許這樣的罪惡發生。

這是麒麟觀點。明峰沒好氣的想。他跟在麒麟身邊，除了廚藝和動漫畫的知識與日俱增，就是被這些似是而非，完全沒有常識的觀點潛移默化。

這到底是幸還是不幸，他也說不出個所以然。

退了一步，雨越下越大，已經噴濺進門廊了。他貼著門，還是半身溼。

不知道麒麟和蕙娘在做些什麼呢？他心思不禁又轉到這兒來。

「我沒有邀請你，你不可以進來。」隔著門板，沙啞的聲音響起，將他驚得動也不能動。

這樣沙啞、粗礪的聲音……和羅紗是多麼相像。

「我、我並沒有要進來。」他的心跳快到快要跳出口腔，「羅紗？」他的聲音非常非常低，壓抑著痛苦和絕望，「是羅紗嗎？」

門後的聲音頓了頓，明峰轉身盯著大門。這不可能……當然不可能。羅紗轉生為魔族，沒有可供輪迴的魂魄了。魔族或許失去肉體還能存活，但那是元神健康，沒有傷到實質。羅紗中的毒不但侵蝕肉體，元神更受到殘酷無法逆轉的傷害。

至於明峰經歷的一切，麒麟說，那是羅紗頑固的「思念」。就像是刻畫在ＣＤ裡頭的影像聲音，硬是保留了那份感動，觸發了明峰的能力。

她不在了。剩下深深刻畫在她遺物裡的「思念」。

「我不是羅紗。」門後的聲音冷硬的回答，拖著腳步，像是要離開。

「等等，等等！」明峰吼了起來，他勉強冷靜，「對不起……我不是要進去，但請妳……請妳，」他的聲音哽咽住了，「跟我說幾句話。喊一下我的名字……我、我叫宋明峰……」

沉默良久，門後的聲音緩緩開口，「你太不謹慎。真名不可隨意通報，你的師父怎麼教的？但是……」粗啞的聲音長長的嘆息，「被灼燒的人的確難以謹慎。」

明峰花費了很大的力氣，才將淚水逼回去。被灼燒？沒錯……他將一切都壓在心底深處，不去思考。但他卻被這道傷痕深深灼燒，好像都不會好。

「窮途末路，你何必來此？」粗啞的聲音冷硬，卻帶著幾乎察覺不到的憐憫和疲倦，「我邀請你進來。畢竟雨太大了。」

門打開了，明峰瞪著門後的那張臉，僵硬的不能移動。

如果是以前的自己，一定會尖叫著邊丟火符邊逃跑吧？

那是半張鬼魅似的臉孔，縱橫著恐怖、翻紅的傷疤，像是蠕蠕而動的蚯蚓，布滿了整張右臉。

另外半張臉隱在頭髮下，看不清楚，卻從髮間透出炯亮的眸子，水青的、發著磷光的眸子。

她駝著背，帶著隱約的奇特氣味，拿著枴杖。眼神有幾分嘲弄。

「若是害怕，你可以逃。」她拖著不太方便的腳，一拐一瘸的往裡面走。「二樓沒人住，你自己找地方住下，別來煩我。」

啪搭一聲，她進了房間，鎖了門。

我並不害怕。明峰默默的進了屋子，雖然他知道門後不會是羅紗，但看到這個形魂殘傷的女子，心裡迴盪的是悲哀、憐憫，而不是恐懼。

多麼巧合……和羅紗一樣受過巨創。巧合的香風，巧合的傷臉……

等他找到二樓布滿灰塵的房間，胡亂打掃後躺在床上，在朦朧睡去的時候，他才想起那隱約奇特的氣味是什麼。

和蕙娘很相似的氣味。說氣味實在不太正確，應該算是一種感覺，一種被死亡侵襲過的感覺……殭尸的氣息。

他朦朦朧朧，毫無防備的睡著了。

* * *

她的心情很壞。

應該說，這段時間她的心情一直很壞，無論什麼時候。她氣這個世界，氣自己，氣這透骨穿髓的疼痛，氣這場不應該的雨，氣莫名其妙的心軟。

更氣那個少年睜著一雙傷痛又悲憫的澄澈眼睛，這樣鹵莽的走進她家裡，她困住自己的傷痛城堡。

但她沒力氣去想太多。莫名的頭痛和頸痛控制住她，所有的舊傷都一起發作起來。好痛，好痛好痛……但比疼痛更糟糕的是，她所有痛苦的回憶將她滅頂，讓她悲觀、消沉，連動都不想動。

我不該生存在這個世界上。她想。我該做些什麼好重開機……比方說，自殺。跳樓、上吊、自刎……什麼都好。只要可以結束這一切就可以了。

她緊緊抓著被子，臉孔因為極度的忍耐而扭曲。死亡不能結束什麼。她比誰都明白。尤其是她……

說不定是更糟糕的開始。

哆嗦著取出安眠藥，她用力嚥下去。借重藥物很不好，她明白。但她需要睡覺。一切都會過去，一切都會好的……真的。

不知道是過重的藥劑讓她暈過去，還是因為過度的疲憊讓她睡著；她在轟然嘈雜的夢中翻來覆去，又在嚴重遲滯的疲勞中醒來。

每一天，都是煉獄。

瞪著蒼白的日光，她無聲的對著自己說。

但她聞到了食物的香氣。

躺了好一會兒，她吃力的起床。遲疑的打開門……發現餐桌上已經擺滿了豐盛的早餐，昨天那位不速之客在她的廚房忙碌不堪。

「早安。」這孩子滿臉陽光般的燦笑，他叫明峰……對吧？「想吃稀飯呢？還是土司？我不知道妳喜歡吃什麼……所以中式西式我都做了。」

「……我家沒有土司。」她更迷惘了。

明峰拉了椅子，服侍她坐下。「事實上，這是昨天下午我買的。再放下去也不行了……乾脆做法式土司啊。」

她狐疑的望著這個孩子，卻看不到什麼陰影和企圖。也可能是他太高竿，掩飾得太好。不過，她沒有拒絕，坐下來用早餐。

「我在尋找一片田園。說不定就在附近。」明峰小心翼翼的詢問，「在我尋找的時候，能不能先借住在這裡？」

她望著明峰好一會兒，眼中的迷惘和呆滯更強烈。什麼話也沒說，她吃完盤子裡的荷包蛋、法式土司、熱狗和柳橙汁。

明峰泰然自若的吃完早餐，將桌子收一收，開始洗碗。他原本就不指望主人給他什麼回答。

「……隨你。」她摸索著枴杖站起來，「我叫林殃。」

沒說什麼話，她又回房間了。

* * *

明峰在這裡待過了一個禮拜。附近他已經熟了，也知道每個禮拜一都會有人送一箱蔬果和雞蛋過來，林殃若自己下廚，一切白水煮過了事。

相處了幾天，林殃冷硬的態度軟化不少，簡短的告訴他，「我有病，沒辦法招呼任何人。希望你不要打擾我，我也不用你做飯。」

「妳不吃我也是要吃的。」明峰撇清，「真的是剛好而已。」

林殃看他很久，眼神溫和而悲哀，「我是個瘋子。」

「真剛好，我也是。」明峰很輕鬆的回答，「只是我的瘋落在正常值。」

很難得的，林殃漾起一絲微笑。

但這樣明亮的愉快像是曇花一現。她很快就沉入低潮，但她一直安靜而忍耐的待在自己房間。

一個禮拜後，林殃比較願意開口，「……我每年都要發作一次。再幾個禮拜我就沒事了……我並不想麻煩任何人。」

「不麻煩。」明峰很有耐性的笑。

他在紅十字會正統道術沒學到什麼，倒是在裡頭當了很多年的書蟲。在這種極度清閒中，他無聊到學了一大堆沒用的東西，遊艇和飛機都是這段時間學的，連醫學院開課，他都會去旁聽。

精神疾病中，有一小部分是因果病，他對這個很有興趣，認真到醫學院的院主任問他要不要拋棄道術，當個心靈醫生。

當然他沒這麼做，但他也比別人多懂一點點。這個堅忍而毀傷的女子，在巨創之後，可能併發了憂鬱症。有的憂鬱症會有極其規律的週期性，而林殃，可能在意識到自己要發病時，隱居在這鬼地方等待病情過去。

「今年，好一點。」林殃含糊的回答，「但也有很糟糕的時候，我不希望被人看到那種樣子。」

她的堅忍和羅紗的忍死重疊，讓明峰不忍離去。

幾個禮拜而已，明峰想著。與其說是悲憫，不如說是移情。她有著和羅紗相近的不幸……她有半張完好的臉，只是她自棄的隱藏在長髮下面。她形體損毀得比羅紗還劇烈，說不定曾經比羅紗還美麗。

越美的女人越愛惜自己的容貌，這種形體損毀對她們來說是可怕而無望的地獄。

當初他沒有服侍過羅紗，現在服侍林殃，只是補償作用而已。

若不是因為意外，他應該會服侍到林殃的週期過去。

這天，他到山下的菜市場買菜，突然有種強烈不祥的感覺襲擊了他。

光天化日之下，妖異像是滾草團，在陽光曬不到的地方活蹦亂跳，宛如參與什麼嘉年華會。

這種反應……實在很不尋常。而這種不尋常，還真是熟悉啊……

「……堂哥？」嬌脆的嗓音又驚又喜，「我就知道你在附近！」

明峰的臉孔整個慘白，「小姐，妳認錯人了……」他抱著菜籃就往外衝。

「堂哥！」明琦朝著他後背猛然一抱，害他差點和充滿魚腥味的柏油地接吻，「不要這樣嘛！好像我是瘟神……一整年都沒有你的消息欸！人家好想你呀～」

「放手放手！」明峰尖叫起來。天哪，相近的血緣是否太暴力？陽光這麼大，還可以把陰氣和妖異像是遇到磁石般的鐵屑通通吸過來……若是別的情形下，他說不定會覺得很有趣，值得探討……

但發生在自己和堂妹身上，可就一點都不有趣了！

「別抱著我！妳都這麼大了……」明峰全身寒毛直豎，雖說他不再討厭裡世界的居民，但數量龐大到這種程度，是人都會恐懼吧?!「有話好好說，不要動手動腳的！」他抱著微薄的希望，「妳是又『看』到什麼？新鮮的屍體？我就跟妳說過了，二伯只有妳這個寶貝女兒……」

「哎唷，不是啦……」明琦遲疑了一下，決定不告訴堂哥，她在警察局「打工」，負責尋找「鮪魚」，「我跟朋友來玩。」

「那很好。」明峰鐵青著臉揮了揮手，「再見。」

「但我遇到怪事了。」明琦眼明手快的抱緊他的胳臂，除非明峰自願斷臂求生，不然大概跑不掉。

當然他辦不到。「……我能不能不管？」

「當然……不能。」明琦笑靨如花。

瞪著他的堂妹，明峰泫然欲涕。比起妖魔鬼怪，他可愛的堂妹真的可怕太多了。

四、真實與虛偽的瘋狂（下）

明琦說，她本來是跟同學回家過暑假的。

她的同學家境不錯，父母親只有兩個女兒，疼愛得很。這幾年賺了些錢，索性買了塊地，蓋起獨棟的三層別墅，自地自建，端的豪華無比，連地下室闢建的娛樂室，都有著不輸給錢櫃的ＫＴＶ設備、整套真牛皮沙發、貴到讓人眼珠子掉下來的檜木茶几，屋頂還懸著轉吧轉吧七彩霓虹燈。

說有多華麗，就有多華麗。

原本她們一票同學四個，浩浩蕩蕩的來，沒幾天，跑得跟飛一樣，只有明琦被苦苦哀求的同學硬留了下來。

明峰的心被吊得高高的，「……是有什麼問題？」

明琦搔了搔頭，滿臉苦惱，「這問題呢，說大不大，說小不小。我同學的姊姊發了憂鬱症，自殺未遂。」

他的心安穩的回到胸腔，沒好氣的瞪著他那少根筋的堂妹。「……這種問題，找我有屁用？她要找的是精神科大夫，不是道士吧?!我說妳呀，真的該聽我一句……」

「哎唷，哎唷……」明琦愁得直啃湯匙，「不是這麼簡單啦！若這麼簡單，我還會這麼心煩麼？堂哥，拜託你來看看，我說不清楚，但我就是覺得不對啦……」

明峰瞪著她，頹下了肩膀。當初大伯公說過，他這表妹雖有異稟，但無須修煉，終生有貴人扶持。他當時不懂，現在模模糊糊有些懂了……

但他不要當他媽的貴人啊!!

「妳那會驅魔的牧師男友呢?!分手了嗎？如果沒分手叫他去辦就是了。男朋友是做什麼用的？不就是拿來奴役、上刀山下油鍋的嗎?!」

明琦杏眼圓睜，莫名的生氣起來，「對，我跟那個騙子分手了！那王八蛋～明明就是牧師，梵諦岡哼哼兩聲，他就跑去討好賣乖了！現在跟在一個什麼靈異少女的屁股後面轉啊轉的當保母！嘴裡說得好聽，什麼拯救世界……分明就是移情別戀！我要他這王八蛋做什麼……」說著說著，氣勢頹了下來，突然放聲大哭。

妳幹嘛說風就是雨……明峰慌得亂了手腳。這山間小鎮，也才這麼一家泡沫紅茶店，放暑假，自然擠得爆滿。堂妹說哭就哭，還頗有孟姜女的氣勢……

她不害羞，明峰卻覺得丟不起這個人。

在眾目睽睽、竊竊私語的龐大壓力下，他拖著明琦直跑，扔了安全帽到她懷裡，趕緊發車啟動。

「夠了夠了，我前輩子是欠妳多少錢？」明峰非常幽怨，「只要妳別哭了，到哪我都去了，成不成？」

他自棄的扣緊安全帽。說起來，他身邊圍滿了女人，而且幾乎都是美女。但不分種族、不論死活，都只會給他不斷的添加麻煩……

這算不算是一種孽緣？我到底上輩子幹了什麼壞事呀……

悶悶的，照著明琦的指點，他們來到她同學的家。

「唔，」明峰狐疑的看了看這棟整齊漂亮的小別墅，「我先在外面看看好了。」

「好，我先去跟我同學說一聲……」明琦如釋重負，輕快活潑的跑進屋子裡，早就不知道把眼淚扔哪去了。

扁了扁眼，明峰沉重的嘆口氣，開始端詳這棟別墅。他拿著一個袖珍的指南針，繞著別墅走了一圈，眼底有著越來越深的迷惑。

這棟別墅的外觀借重了地中海的風格，在南台灣的陽光下顯現出活潑的風味。南北向，通風良好。除了外觀的整齊美麗，設計師似乎擁有很良好的堪輿知識，收斂而巧妙的使用在這棟別墅上面。

甚至無可避免的鬼門，他都刻意讓房子稍偏一點點，並用了簡潔的庭園布置破除這個死角。

這才是真正的吉屋！但這樣「乾淨」的吉屋卻會有什麼怪事？太難以想像了。

他抱著胳臂沉思起來，直到明琦歡快的和她的同學一起過來迎接。

「堂哥，」她的同學親切到有些卑微，「我早聽說過您的事情了。我叫王玉如。」

那是個個頭小小，有雙靈活大眼睛的少女，很甜美。不過看慣美女的明峰只點了點頭，「妳好。」

「請進請進，」她熱情的抱住明峰的左臂，明琦抱住他的右臂，「我爸媽等著見你呢……聽到你要來，他們多高興啊～」

等等，為什麼伯父伯母聽到我來要很高興？妳們幹嘛這樣架著我？他有大禍臨頭的不妙預感，卻身不由己的讓兩個少女半拖半拉的拽進屋裡。

更可怕的是，伯父伯母還真的伸出熱情的雙臂，簡直是激情的歡迎他的到來。

難道是……事情不是普通的大條，才會有這種過激反應？他實在很想拔腿就跑……但也只能硬著頭皮請安問好。

言不及義的客套幾句，王爸爸熱切萬分的問，「宋大師，你看……是不是房子風水不好？」

房子還不好的話……這小島大約有三分之二強的人口都住在鬼屋裡。

「這房子很好。」

王爸爸的眼神黯淡下來，很是失望。「……是嗎？不是房子的問題？我以為搬家就會解決了……」

王媽媽已經在旁邊啜泣起來。

能不能來個說人話的，跟他說明到底發生什麼事情？

坦白說，王家人實在不擅長敘述，爭著跟他說了一大堆雜七雜八的異象，明峰頭昏腦脹了半天，才算是弄懂了來龍去脈。

王家除了玉如這個小女兒以外，還有個叫做心如的大女兒，芳齡二十八，相當漂亮，追求者也幾乎踏穿了他們家的門檻。

漂亮女孩的情史也特別精采，最後她和某個追求者交往，論及婚嫁，但那個男人在喜帖剛印好的時候，遇到了他的真命天女。這刺激對漂亮的心如小姐來說，實在是大得過分，她一輩子順遂，最大的挫折不過是長了顆青春痘……

刺激過度的情形下，她想不開，在自己房間割腕了。幸好王媽媽看她不太對勁，在第一時間發現了，搶救得宜，沒有危及生命。最後醫生診斷，心如小姐有輕微憂鬱症的傾向，需要吃藥治療。

這是很普通的情傷悲劇，幾乎在大街小巷、這裡那裡不斷的發生，本來也沒什麼值得注意的地方。但對家人來說，那可不一樣了。

愛女心切的王爸爸加緊監工，趕緊把新家整建布置好，好讓心如小姐換個環境，忘記傷痛的過去。

但王爸爸的苦心恐怕白費了。

搬到新家的心如小姐變本加厲的，行為怪誕起來。

最早產生的異常，是夢遊。她會站在樓梯間一動也不動的、維持同樣的動作很久很久，驚嚇來往的家人。她變得任性、依賴，甚至有行為退化成幼兒的傾向。嚇壞的王家爸媽趕緊送她去醫院，但她在醫生面前一切正常。

最糟糕的是，看過醫生回到家中，她的暴躁和任性會變得更嚴重、更誇張。變化一點一滴的累加，累加到完全異常的境界。

家人若有什麼事情不順她的意，她會抓狂的大吵大鬧。

「大吵大鬧？」聽到幾乎瞌睡的明峰禮貌的問了問，掩飾他幾乎睡死過去的事實。這種事情找他做什麼？他又不是精神科大夫。「她精神上有創傷，難免情緒不穩……」

「情緒不穩到爬到屋頂上？」明琦的聲音帶著深深的恐懼。

爬到屋頂上有什麼好驚訝的……

她把手機遞給明峰，讓他瞬間清醒過來。

手機拍出來的照片當然不會清楚到哪去……尤其是拍照的人手似乎有些發抖。但他還是可以清楚的看到，在華貴的水晶吊燈之上、屋頂之下，有個人手腳並用的倒吊攀爬在天花板，像是一隻蜘蛛。

……到這種地步，情緒的確非常不穩了。

「我要喝牛奶。」從二樓傳來病懨懨的、有氣無力的嬌聲呼喚，客廳裡的人全體緊繃起來，表情無一例外的有著擔憂和恐懼。

「好好，」王媽媽站起來，「我馬上去拿。」

明峰抬起頭，端詳站在二樓樓梯上的心如小姐。

當然，她很漂亮。玉如就已經很甜美了，她更像是添加了蜜糖似的，甜得化不開。只要是男人，見了她嘴巴都會合不攏，好一會兒才記得把嘴閉上，省得一臉蠢樣。

這位甜麗的小姐，瞥見客廳有個俊俏的陌生男人，眼睛在他臉上溜了溜，垂下眼簾，給了他一個甜蜜又羞怯的微笑。

但他不是普通男人，他是宋明峰。和各式各樣的美女生活在一起，他對外觀的美麗早起了免疫作用。在他心目中最美的，是毀掉半張臉的羅紗。

明峰毫無知覺的望著她，心裡的謎團越來越大。

當心如發現明峰的目光沒有該有的痴迷和愛戀，只有著無情的嚴肅時，她的臉沉了下來，心情開始惡劣。

當王媽媽討好的遞上牛奶時，她喝了一口，立刻吐出來，將玻璃杯摔在地上。「不是這個！」她勃然大怒，「我要喝冰涼涼的鮮奶，誰讓妳泡奶粉充數？我要喝牛奶，我要喝牛奶！」

「但、但是妳昨天說要喝熱的、用泡的牛奶……」王媽媽手足無措。

「昨天是昨天，今天是今天！」她又哭又叫，「我要喝牛奶！我要喝牛奶！我要喝……我──要──喝──牛──奶──」

她的聲音越來越高亢、越來越尖銳，最後只剩下模糊難辨的尖叫。

王媽媽試著安撫她，她卻開始用頭撞牆，王爸爸趕緊跑上樓梯阻止她，她卻一面尖叫，一面朝著王爸爸吐口水。

明琦衝上去抱住她，在她懷裡的心如不斷尖叫、打滾，但是聲音漸漸低下來，變成嗚咽，「……我要喝牛奶。」

「好，玉如去拿了，乖……」明琦抱著她，輕輕搖晃著。接過玉如拿過來的冰牛奶，要餵心如喝，她發脾氣打翻了牛奶，氣卻慢慢平了。

王媽媽又哄又騙的將她送回房間睡覺，明琦無奈的苦笑，「所以，我幾乎都不能離開。」

明峰點點頭，若有所思的。

「堂哥，你有看出什麼端倪沒有？」明琦滿眼的企盼，「有沒有什麼辦法？」

他低頭想了一會兒，「……我不敢說有什麼辦法。我得先想想。」

告辭了眼淚汪汪的堂妹和王家，他騎著機車思考，回到林殃那兒。然後他才猛然想起，他忘記買菜。忘記買的話……家裡只剩下蔬果和米而已。

他回來的時候，天色已經暗下來了。林殃看見他，疏離的點點頭，桌子上放了幾盤的水煮青菜、水煮蛋，還有熱騰騰的白米飯。

他挨著桌子坐下來吃飯，但林殃卻皺起眉。「你去哪染了這身味道？」

像是某種熟悉卻厭惡的氣息，讓她的頭整個痛起來。「我不喜歡這種虛偽。」

明峰有點尷尬的起身，打了盆水，放了幾撮鹽淨臉，才回到餐桌。「……呃，她的瘋狂是真實的。」

林殃少有的笑了起來，臉孔因此扭曲。她的眼底沒有歡意，「我瘋狂數十年，我比誰都明白瘋狂的真相。那是虛偽的瘋狂，而且幾乎成妖。拜託，別隨便的侮辱瘋子。」

她不再說話，只是低頭繼續吃飯。

明峰沉默了一會兒，「林殃，我得去他們家幾天，但我不太放心妳。」

「你是白痴還是笨蛋?!」林殃突然發火，「你是誰？你不過是個路過的旅人！不要把自己想得太偉大，像是世界隨著你轉！你沒來之前我活得好好的，難不成你不在幾天我就死了？這世界有誰不會離開？誰不是赤著來，光著走？誰又能為誰一輩子?!」

她惡狠狠的頓了幾下枴杖，一跛一瘸的走回自己房間，大力的摔上門。

明峰的臉熱辣辣的，好一會兒抬不起來。他默默的將餐桌收拾起來，並且洗好碗筷。

林殃痛罵他這頓，仔細想想，說不定他懂了什麼。但也因為細想了，反而有著更深重的傷痛。

林殃的話一直在明峰的心底縈繞。或許……氾濫的溫柔是種無情的殘酷。等林殃習慣了他的服侍，他卻不可能一直陪在林殃的身邊。

他突然好想，好想打電話給麒麟，問問她：麒麟，我該怎麼辦？

麒麟大概只會打個酒嗝，瞇著貓咪似的眼睛，懶洋洋的回答他，「你管那麼多？高興怎麼辦，那就怎麼辦。」

偏偏他很難這樣任著性子生活。

騎著小五十，懷著冰冷感的哀傷，他到了王家的別墅。明琦跑出來迎接他，偌大的別墅，卻只有她和玉如。

「爸媽帶姊姊去看醫生了。」玉如嘆氣，眼下的黑眼圈寫滿疲憊，「晚點才會回來。堂哥，你會住下嗎？」她的聲音充滿期盼。

姊姊的病，幾乎要拖垮全家人的意志力了。她將所有的希望，寄託在明琦口中那個「本領高強」的堂哥身上。

「呃，應該吧……」明峰有些無奈。他知道明琦的頑固無人出其右，就算是拿著兩根鐵絲踏遍附近的荒野，她都會設法把明峰挖出來。他二伯只有這個女兒，可不希望這個寶貝堂妹出了什麼狀況。

雖然發生在王心如身上的狀況也不見得比較簡單。

對，這位心如小姐有輕度憂鬱症，但她並沒有被妖怪、妖異、鬼魂之屬附身。連明琦給他看的「靈異照片」，都沒有任何被附身、心控的跡象。

這才是讓人討厭的。她沒有被附身，卻是從內在妖化，藉著「憂鬱症」這個漂亮的擋箭牌，恣肆的滋長、增生，如果不管她，歪斜病態的病灶真的會成妖，摧毀掉靈魂，最後落得在精神病院度過一輩子。

一般人不會弄到這樣。到底是為什麼呢？

「我能不能去心如小姐的房間看看？」明峰問。

玉如點點頭，領他進了心如的房間。

那是個非常美麗、優雅的房間。一套昂貴的貴妃榻擺在小客廳裡，價格比他三個月的津貼還高。書架上有許多書，大部分是美容保養，還有些時尚雜誌，化妝台上琳琅滿目，比專櫃還整齊。

明峰環顧了一會兒，發現床頭櫃有幾本書擺著，翻得有些破爛了。

那是一整套的《地海傳說》，作者是娥蘇拉·勒瑰恩。在紅十字會防災小組時，他曾經去旁聽「奇幻文學與咒語沿革之謬誤與巧合」，當時老師選讀的作品就有《地海傳說》，但他第一次看到中譯本。

「心如小姐的成績怎麼樣？」他翻了翻破舊的地海，隨口問著。

「我姊姊畢業很久了呀……」玉如有點不知所措，「她在校成績……還好吧，不過她是女孩子，我爸說不用太好。」

「但妳也是女孩子，功課卻很好。」明峰衝著她笑笑。

玉如臉孔漲紅起來，心跳突然跳得很快。他的眼光明明很柔和，但就是讓人心頭蹦蹦跳，「我、我喜歡讀書，這是個性，每個人個性不同麼……」

「她有其他的興趣嗎？」

玉如沉默下來，絞盡腦汁的想著，「呃，逛街算不算？」

又問了問，發現心如小姐不但功課不太好，沒有什麼興趣，畢業的時候當行政助理，五、六年一晃眼過去，她還是行政助理。

或許她最快樂的時候是打扮得漂漂亮亮的，和男朋友約會，享受青春的無憂無慮。但她二十八歲了，青春也快消耗殆盡。

在這種惶恐中，論及婚嫁的男友居然跑了，於是啪的一聲，柔脆的心靈斷裂，讓歪斜的病灶趁虛而入。

但她還有夢啊。撫著破舊的《地海傳說》，她還有夢想。或許，因為這微薄的夢想，她還有獲救的希望吧。

明峰在這裡待了快十天。

王爸爸和王媽媽很欣慰的發現，心如的病情穩定許多。不管是什麼方法，最少這位年輕的宋大師的確讓心如正常許多，王爸爸和王媽媽可以放心去公司。

明峰卻很清楚，不是他做了什麼，只是因為他是個年輕的男性，是心如可以轉移注意力的目標。

原本他還懵懵懂懂，但耳環泛起微光，他的左眼突然「看穿」了心如的渴望和急切。

她需要被愛、被注意，證明她依舊有吸引力。她的病灶會發作得這麼恐怖詭異，是因為她要拖住家人的注意力和全部的愛，但她最渴望的，還是來自異性的愛慕和肯定。

很卑微可憐，但也很蠻橫霸道的懇求。

大部分的時候，明峰都忍耐著微笑，試圖用溫和的方法讓她恢復。她妖化的程度還不深，應該還有救。他和心如交談，讓她試著自立，陪她散步，雖然維持著讓她不滿的距離。果然，她亂發脾氣和極度依賴的情形漸漸緩解，卻將這種依賴轉到明峰身上。

「……我已經有戀人了。」明峰終於在她試圖抱住胳臂時，一面推開一面說，「妳很可愛，總有一天會遇到正確的人，但那不會是我。」

心如的臉孔凝固在錯愕，然後漸漸陰沉下來。「你只是嫌棄我是個瘋子。」

「夠了。」明峰忍不住直言，「妳還要拿『瘋狂』當多久的擋箭牌？妳並沒有瘋，頂多只是精神上有些感冒。比起許多心靈破裂的人來說，妳能吃能睡能自由走動，還有個完滿的家當妳的後盾。妳只是抓著『瘋狂』當作自憐他憐的藉口，賴在地上不肯長大而已。妳到底知不知道什麼是真實的瘋狂？」

妳沒見過林殃。明峰想著。妳從來不知道一個真正困於瘋狂的人卻竭盡全力維護自己僅存的尊嚴。妳從來沒有為自己戰鬥過，妳只是任憑自己墜入深淵，還唯恐不夠快。

「真實的瘋狂？」心如的聲音尖銳起來，聲調發顫，「你真的想看看真實的瘋狂？」

迅雷不及掩耳的，她飛快的抓了一下明峰的手臂。雖然明峰避得很快，但明顯的不夠快。

他的左臂瞬間鮮血淋漓。

「別想走。」心如四肢著地，像是隻貓科動物，聲音陰惻惻的，「誰也別想走。」

「心如，妳並沒有瘋。妳的人生還很長。」明峰試圖做最後的努力。「不可能每件事情都如妳的意，難道妳不知道……」

「不要說教！我聽得還不夠多嗎？」她尖銳的咆哮起來，「你不准走！順從我，順從我！」

明峰的火氣勾上來，「憑什麼?!妳是誰？憑什麼我必須順從妳?!」

心如的表情空白了一秒鐘，突然詭異的笑了。「如果你是我肉中肉，血中血，那就會永遠順從我了。」

她撲了上來，瞳孔已經豎直如爬蟲類。憑著左眼的清明，明峰閃過她的攻擊，卻猶豫著要不要動手。

心如一擊不中，瞥見衝進客廳的玉如和明琦，她急轉彎，尖銳的指甲劃向明琦。明峰一急，張口喊道，「滾～～」

讓這句最強的一字咒（？）衝擊，心如的指爪一偏，將真牛皮沙發抓得幾乎斷裂。

「愣著做什麼？快出去！」明峰吼著，抓張火符炸過去，心如尖叫著退後兩步，誰知道這個一字咒實在太強（呃……），居然讓屋頂的水晶燈整個掉下來，正好砸在明峰的身上。饒是逃得快，後腰還是挨了一下，好一會兒站不起來。

心如覷著這個機會，大貓似的靈活穿越滿屋子狼藉，追著兩個逃命的女孩到庭院。

明峰在心裡不斷痛罵那個華而不實的爛水晶燈，扶著腰，一跛一拐的追出去。三個女孩子扭成一團，心如已經牢牢的掐住玉如的脖子，眼見玉如快沒氣了，明琦拚命掰著心如的手臂，卻徒勞無功。

實在不願意殺生……明峰臉孔變了變，但若殺了自己妹妹，心如從此就沒救了。他正準備扛下這場罪孽……

明琦卻非常乾脆的，惡狠狠的咬了心如的手臂，幾乎扯下一塊肉來。

心如哀號著鬆了手，明琦眼明手快的拖著玉如跑開，明峰正好趕上。他一把反剪心如的雙臂，一面覺得有點好笑。

還可以這樣啊？他這個堂妹，真的很有動物潛能。

心如不斷的尖叫咆哮，她的眼白翻了起來，甜美的表情蕩然無存。這比什麼妖怪都讓人驚心。

讓異常糾纏了半輩子，明峰自認什麼怪物都見過。但即使魔界的異常者，也沒有他手上掙扎的少女這麼可怕。

或者說，貪婪的執念比什麼妖怪魔族都恐怖太多。

在明琦熟練的急救下，玉如大大的喘了口氣，清醒過來。她的喉嚨火辣辣的痛，聲音變得嘶啞，「……姊姊，為什麼……」她流下氣餒的眼淚。

聽到她的疑問，心如停止掙扎，她露出令人發冷的微笑，「……妳一直恨我，對不對？因為爸媽都疼我，阿明本來是對妳有意思的……偏偏他看到了我。妳恨不得我去死，對不對？我會變成這樣都是妳害的、妳害的！」

玉如瞪著她的姊姊，好一會兒都不明白自己聽到什麼。等她明白了，忍不住狂怒，「妳說什麼？妳怎麼可以、怎麼可以這樣想！」她氣得口齒不清，未語淚先流，「人的心本來就是偏的，爸媽比較疼妳又怎麼了？我沒有抱怨過！阿明不過是個男人，再怎麼親有手足親嗎?!」她乾噎，「我沒忌妒妳！我從來沒有！妳生病我也非常難過！妳怎麼可以這樣，妳怎麼可以這樣!?」

心如猛然一震，似乎開始抽筋，滿身大汗的，「爸媽……爸媽可憐我什麼都不會，所以才比較疼我。你們不要我怎麼辦？我什麼都不會……我只有漂亮一點而已。如果老了、不美了呢？我不能沒有爸媽，我不能沒有妳……你們都不可以走，不可以走，都得留著陪我……陪——我——」

她尖銳的悲鳴，帶著濃郁的哀戚，「你們都想逃吧？你們不可以、不可以拋棄我，不行、不可以——」

明峰發現快要抓不住她，她的力氣因為自卑自憐，反而爆發得更劇烈。他更使勁一些，卻聽到她輕輕的咯咯兩聲，雜亂的長髮突然如無數尖銳的利刃，朝他的門面疾刺。

清明的左眼讓他躲去這些攻擊，卻不得不放開她。她得到自由立刻往前撲向玉如，「哪，讓我們在一起吧……等我吃了妳，就可以一直在一起……」

若不是明琦拖著玉如的後領，很可能玉如已經遭了毒手。她尖銳的指爪陷入花圃的溼泥中，沒入手肘。

嚇出一身冷汗的明峰趕緊擋在她們面前，胡亂的拋了塊碎磚給明琦，「畫個圓圈住妳們倆！」

「我沒修煉過！」明琦抱著差點嚇癱的玉如大叫。

「妳還需要修個屁！」差點被心如抓花臉的明峰架著她大叫，「畫就對了！」

「……我畫的不圓欸。」明琦畫完那個「圈」，充滿歉意的說。

明峰瞥了眼那個方不方、圓不圓的「圈」，心裡哀怨的嘆口氣。大伯公，你害慘堂妹了。你說她不用修煉，但是她會去自找非修煉不可的麻煩。

這種圈是可以幹嘛？

「妳上輩子是不是姓金田一啊？」明峰哀號起來了。一個疏神，又讓心如走脫，看她撲向那個方不方、圓不圓的圈……

沒想到這種不規不矩的「圈」，居然發揮了效果，把心如彈了出去，像是個無形的牆壁。

……他的堂妹居然深藏不露，擁有野獸般的本能啊……

不用顧忌兩個無辜的女孩子，明峰鬆了口氣。他再次用一字咒（別問是哪個字了）

將心如彈開，整個心像是鏡子一樣明淨。

「敕奉中天玄帝青五木郎令，眾邪如塵，神威似獄，霹靂雷霆隨我行，卻淨！急急如律令！」

以前老是臨陣就忘個精光的咒，現在卻歷歷在目，記憶得清清楚楚。而且還是封天絕地，神魔不應的此時此刻。

但他知道會有效。這是驅除妖怪最強烈的咒，一直不願意用，實在是妖化也是心如的一部分，還是心靈深處的一部分。若是貿然驅除，她的心靈從此不再完整。

不過，比起讓她像個不定時炸彈，危害家人性命來說，這是沒有辦法的辦法。背負殺孽比任何人想像都沉重多了。

像是平空打了個悶雷，心如發出一聲慘叫，委靡在地。明峰看著一動也不動的她，覺得全身都失去了力氣。

終於結束了。他還是沒有救到她……最少不是完整的她。她將失去某些記憶和情緒，不再激烈、火熱。我這樣做對嗎？這樣做真的應該嗎？

但看著她殺人就對嗎？會不會根本就不存在著所謂正確？

他抬臂揩去眼角的汗水（他堅持那是汗水），看到明琦拉著玉如，還躲在圈裡。

「不，不要出去。」明琦抓著玉如，「我不知道，但先不要出去……」

他知道，堂妹有著強烈的野獸本能。說不定她可以平安到現在不是有什麼貴人，而是她的本能實在太厲害。

我現在，背對著昏迷的心如。

強烈的香風突湧，擋去了大部分的傷害，但還是阻止不了心如銳利的指爪劃破舊傷，蒼白的傷口沒有出血，只是滾著血珠。

他用力克制澎湃的憤怒，和狂信者搶奪意識的主導權。他回頭望，心如貪婪的表情消失了，帶著甜美的迷茫，孩子似的笑著，並且舔著指端的血。

事實上，除了她的臉孔，他已經看不到心如的身體了。完完全全籠罩在迷霧中，像是只剩下一張面具似的臉龐。

她成妖了。徹徹底底的，成妖了。明峰眨了眨眼睛，將汗水逼出去。他摀住右眼，讓左眼看得更清楚一點。

這個普通的女孩，居然已經結出奇怪形狀的內丹，成了一個妖怪。

明峰晃了晃發暈的頭，硬把狂信者逼回去。「明琦，」他的聲音很絕望，「妳上輩子一定叫做金田一柯南。」

「啊？」看到發愣的明琦一怔。

不然妳怎麼解釋，為什麼遇到妳會特別的倒楣啊?!妳說說看，妳說說看啊～

我把事情給搞砸了。

明峰一面和成妖的心如相持，一面施展渾身解數。到這種地步，他也知道事態沒有轉圜餘地，但還是不想傷害心如。

他試圖用心如的名字束縛她，卻徒勞無功。額上不禁沁出大滴大滴的汗。糟糕，「王心如」居然不是她真正的名字。但這種緊急的時候，又怎麼來得及去尋找她的真名？

明峰因為顧慮，打得絆手絆腳，但妖化的心如是沒有顧忌的。爭鬥這麼久，明峰的力氣也漸漸的衰頹下來。

或許他該呼喚英俊？突來的煩躁阻止了他幾乎出口的呼喚。英俊已經是完全體了，下手不可能太留情。即使是妖化的心如，也還是王家心愛的女兒、親愛的姊姊。

最後明峰一個腳步不穩，讓心如打飛出去。他勉強翻了個跟斗卸去力道，卻也讓他隨身帶著的小瓶子飛了出去。

瓶子裡頭裝著碎片，那是從妖怪神棍屍體裡拿出來的。

心如馬上放棄了對明峰的攻擊，撲向那個瓶子。在她拿到之前，明峰搶先一步拿了起來。她尖銳的叫起來，攻勢更如狂風暴雨，讓明峰幾乎無法招架。

碎片？奇怪形狀的內丹？普通人卻可以成妖……這樣的奇蹟為什麼會出現兩次，而且是在相隔不太遠的地方？

她還有夢……說不定還有救？

身體比轉念還快，明峰在自己意識到之前，清晰有力的對著心如說：「惟寂靜，出言語。」

心如像是被什麼東西束縛一樣，空白的臉孔出現追憶而迷惘的神情。「惟黑暗，成光明。」

千言萬咒，不如她熟悉的夢。《地海傳說》的作者若知道她的〈伊亞創世歌〉居然拯救了一個幾乎墮落成邪的女孩，不知道會不會感到安慰？

「惟死亡，得再生。」他緊緊的盯著心如。

「鷹揚虛空，燦兮明兮……」心如喃喃念著，迷霧似的身體，伸出虛幻的手。

她在等待，她的真名。

她的真名……明峰望著她的手，像是被冷冽的水流穿過心靈。他伸出自己的手，握住虛幻。

「怨。妳的真名叫做怨。」

露出淺淺的笑，迷霧散去，她張開口像是想要說些什麼，只見一道閃爍的晶亮，從嘴裡飛了出來。明峰眼明手快的抓住那道閃亮，那是片微小卻美麗的碎片，發出哀傷的氣息。

這美麗的碎片會是引人入邪的罪魁禍首？我不相信。明峰疑惑著，將那片碎片同樣放進極小的瓶子，和原本的那片碎片融合在一起。

心如還是站著。露出一種清澈的神情。迷霧漸漸褪去，她變為少女的模樣。「我的真名。小時候覺得這名字真是難聽，又哭又鬧，後來爸爸帶我去改名字……我怎麼……

我怎麼忘了自己真名、忘了自己面目呢……我，就是我啊。」

她軟軟的躺在草地上，陷入許久不曾降臨的甜美睡眠中。

＊　＊　＊

簡直成了泥巴場的庭院和半毀的客廳讓王爸爸和王媽媽呆住，但他們的大女兒居然好了起來，這點代價算得了什麼？

從某方面來說，心如的確「正常」了。她不再暴怒和依賴，但她憂鬱症依舊在，心靈還是非常孤寂。但她試著讓自己能夠從創傷中站起來，不再對最親愛的人實施非常暴力的情緒勒索。

臨別時，明峰和她一起散步。

「……我會變成什麼樣子？」她眼神很脆弱，「我知道這並不是惡夢……我是不是很壞、很邪惡？我會不會再發？」

明峰望了她一會兒，「或許，或許妳的憂鬱症只能得到緩解，而不能完全痊癒。但妳知道嗎？感冒也不能夠完全痊癒的，我們永遠都可能在身體虛弱時感冒。」

他笑了笑，「我認識一個比妳嚴重許多的女士。她一直在為了這種瘋狂而奮戰。她說：『這世界有誰不會離開？誰不是赤著來，光著走？誰又能為誰一輩子？』」

心如悲感的垂下頭，或許她的病灶就是想要否認這些：誰都會離開。

「但是，我會記得和我同行過的人，我會記得妳。而妳呢，也會記得我，然後會遇到更多人，會跟他們一起哭、一起笑，一起並肩同行。」

他燦爛的笑笑，這溫柔的笑容一直留在心如的心裡，從來沒有褪色，「對不對？」

「……但我什麼都不會。」她柔弱的、怯怯的說。

「妳還有夢啊。」明峰安慰的拍拍她，「妳不常作著『地海』的夢嗎？妳也可以有自己無盡的夢土翱翔啊。」

我可以嗎？心如望著晴朗的天空。我可以在我的夢土裡飛翔嗎？

「你呢？」心如微笑，「我總覺得你很不可思議。你想去哪裡呢？」

「這個嘛……」明峰朗笑，「我想成為禁咒師。」

*　　*　　*

後來麼？

後來，在家養病的心如，開始動筆寫小說，架構她的夢土，直到沒有邊境。她用自己的真名作為筆名，「恕」。

因為這個極度中性的名字，很多人不知道她是女性，沉浸在她的幻夢中飛翔。而她筆下的男主角總是極為相似，擁有溫柔的笑容，和容易氣急敗壞的性子。

也因為她有過妖化的經歷，所以，她和裡世界，總是隔得不夠遠。

不過，那又是另一個故事了。

五、心魅

當他去車庫牽小綿羊的時候，發現明琦已經大剌剌的坐在機車後座等他，一副理所當然的樣子。

明峰瞪著她，她也瞪著明峰，一時相對無言。

「……王伯伯正在找妳呢，」明峰好聲好氣的哄著她，「他等著載妳去車站。」

「我跟伯伯說了，不用他送我。堂哥，我跟你去旅行。」她的語氣很堅決。

……在他青春期能力不穩定，引發恐怖的靈異事件時，堂妹年紀還小，但也沒小到不知道發生什麼事情。血緣這種東西就是很霸道不講理，相近的血緣就會呼喚異物。尤其他的體質特別，更把這種「召鬼」的能力增幅到數十倍不止。

「妳到底知不知道『找死』怎麼寫啊?!二伯可只有妳這個寶貝女兒！」明峰忍不住吼她。

原以為明琦會跟他耍賴皮，哪知道她眼睛眨了眨，嘴一扁，就哭了起來。「你們怎麼都這樣啦……這也不許，那也不許。你們不許，危險就不會找上門？我又不是都看不到，卻連一點防身的本領都沒有……」

妳不要去找危險就謝天謝地了，什麼危險會自己找上來？

她一行哭，一行氣湊，「指點我一下又會怎樣？什麼時代了，你們還這麼重男輕女，就只有你能當道士，我當不成道姑，就在家當居士，成不成？你們又不是不知道，外面這麼危險，由著我一個人去磕磕碰碰，單憑運氣，能憑到幾時？就讓我跟著去旅行，旁邊偷學點也不成？誰能跟誰一輩子？我總是要長大、要獨立的！」

原本想反駁，聽她抽噎著說，「誰能跟誰一輩子」，戳了心，明峰低了頭，倒有點猶豫不決。

說她不懂，她偏偏又有點天賦；說她懂麼，她又缺乏戒慎恐懼的心。

宋家這一族，女孩兒極少，她又是女孩子中最小的一個。論能力，她也算出類拔萃的，但大伯公一句話，倒讓二伯鬆了口氣。跟異類打交道，凶險異常，二伯母體弱，也就得了這個女孩兒，能夠不沾家業，當然是再好也不過了。

她從小就讓堂兄弟疼愛維護到大，就算遇到什麼也設法幫她擋過去，這沒慣壞她的性子，卻把她的膽子慣得大如天。

遇到多少凶險，也沒見她真的害怕。讓她這樣迷迷糊糊的闖蕩，這條嬌脆的小命，搞不好還沒來得及遇到貴人，就一命嗚呼了。

想來想去，實在硬不起心腸。明峰沉重的嘆口氣，「妳要跟呢，就別指望有什麼好日子過。鬼怪啦、魔物啦，那是家常便飯。我又沒什麼目的地，若是錯過了村鎮，就得跟著我露宿。機車常常一騎就是一整天，可不像電影一樣浪漫，騎得腰痠背痛，屁股像是挨了板子……妳若吃得起苦，那就跟來吧。」語氣不是不無奈的。

明琦滿臉的淚立刻收得乾乾淨淨，歡呼一聲。她從小膽大，從來不畏懼鬼怪，奈何家人保護得宛如銅牆鐵壁，一絲半點本領都不教給她，她早氣悶極了。憑著天賦和瞎練的功夫，還是深感不足。這回明峰拋給她一角碎磚，卻可以把成妖的王心如卻在圈外，讓她對這位修煉多年的堂哥更是崇拜得五體投地，卻沒想到是自己天賦所致。

歡天喜地的戴著安全帽坐在後座，感到一絲微薄的香風從後座挪到堂哥的左肩。

「堂哥，你收了花妖當式神？」她不經意的問。

「沒啊，」明峰有些沮喪的發動機車，「我的式神是隻姑獲鳥。不過她才新婚不久，要她陪我出來旅行太過分了吧？」

……式神也會嫁人啊？明琦傻了眼。「呃……她的夫君在哪座仙山修煉啊？」

「什麼修煉……」明峰咕噥著，「她嫁給明熠啦！三姑姑的小孩啊，從小一起長大，別說妳不認識……」

明琦望著明峰的背，瞪大了眼睛。你是說，那個張著無辜貓咪眼睛，見人未語臉先紅的五嫂子，跟明熠表哥住在一起大半年，煮得一手好菜的漂亮女生，居然是、居然是……

居然是妖鳥姑獲，還是明峰堂哥的式神?!

「明琦？明琦！喂，妳害羞啥，抱著我的腰啊！」明峰喊了兩聲，發現他嬌滴滴的堂妹動也不動。

拜託，從小一起長大，到國中還對著臉睡大通鋪，現在連抱著腰都害羞？比起摔到馬路上頭破血流，還是別在這時候發這種神經吧。

他不耐煩的抓過堂妹的手，環著自己的腰，噗噗的騎走了小五十。

因為他一直沒有回頭，所以沒有發現，明琦因為震驚過度，已經是石化狀態了。

＊　＊　＊

「堂哥，你到底在尋找什麼？」

「我在尋找一片田園，一個臨終幻夢中的田園。」

明琦得到這個莫名其妙、沒頭沒尾的答案，卻沒有多說什麼。她天生靈慧，許多事情不言自明，雖然不完全明瞭明峰的意思，但她卻聽得出他的惆悵和傷痛，以及隱藏在輕描淡寫之下的生離死別。

她乖乖的不發一言。坐在堂哥的後座，原本看不清楚的「裡世界」，因為「濃度」提高太多，所以在她眼中清晰得跟真實完全相同。

樹木靜默歡欣的吸收天精地華，發出燦爛的呼吸，無數微小精怪像是被吸引般，隨著明峰哼唱的無名歌曲，在輪側歡快奔馳，天空飛舞著絲似細薄的空氣精靈，這世界這樣美麗、詭異，卻也這麼充滿生命力。

以前和這樣的「真實」總隔著濃霧，沒辦法看明白，現在卻這樣逼近眼前，她在戰慄，卻是狂喜的、激動的戰慄。

「……堂哥，」她小心翼翼的問，「你……看得到那個嗎？」她指著在他前方飛舞，模樣像是個巨大鳳蝶的花精，低垂而半透明的翅翼幾乎遮蔽了前面的道路。

明峰稍微抬了抬眼，不太感興趣的。「現在可以當作沒看到了。妳啊，最好也趕緊當作沒看到吧。我們在『表』，他們是『裡』，本來就不該互相有所牽扯的。」

聽到明琦不以為意的輕哼，明峰嘆了口氣。「我知道很美麗，我也知道他們存在。但不是只有美麗存在，險惡和殘酷也相同存在。這還不是最危險的，更可怕的是無知的純真。他們不明白人類的軀體是脆弱的容器，因為人類靠『否認』就可以驅除『裡世界』的一切，但他們不知道，人類的脆弱和能力是相等的。」

他被妖怪糾纏了大半輩子，懷著惡意要來吃他的當然有，但更多的是好奇的接近、要弄，卻不知道這種遊戲似的要弄會害死他。因為這個人類難得的缺乏「否認」這種天生才能，讓他們喜悅而好奇。

對，明峰認為這是一種缺陷，而不是天賦。這種缺陷讓他走的路特別艱辛，他不希望家人也走相同的路。

「我又不是小孩。」明琦拉長了臉，「我當然知道有些是很危險的。我在警察局打工的時候……」她愣了一下，趕緊閉嘴，希望狂風刮去她的失言。

但顯然的，她沒有如願。因為她的堂哥後背僵直，好一會兒爆出怒吼，「妳說妳在警察局幹嘛?!打工?!打什麼工?!」

她滿頭是汗的低下頭。老爸常笑她，天不怕地不怕，就怕明峰堂哥說句話。也不是說明峰會凶她還是怎樣，但你知道，一個關懷自己跟親生兄長沒兩樣、比她還深入裡世界的哥哥，他的一言一語對她來說都很重要。

明琦很仰慕這位傳奇性的兄長，甚至在年紀還小時，對他懷過浪漫的情愫。直到長大知道他們血緣太近，不能結婚才哭著打滅這種青澀的感情。

「明琦！」他的聲音小了些，卻蘊含更深的暴風雨。

「啊就……就……」她嚥了口口水，「上回呀，我要找你找不著，倒是找到兩具新鮮的屍體……他們託夢託得很煩……」

「我叫妳去警察局說明！」明峰突然覺得腦袋一暈，老天爺，我叫妳去說明，妳是說到哪去？

明琦靜默了一會兒，慢吞吞的開口，「警察局的北北說，既然有這種天賦，問我要不要打工……堂哥，這是好事、積功德欸！我讓很多人平安的回家……」好啦，是讓很多死人可以平安回家。

「……宋明琦！」明峰氣得機車蛇行，「跟妳說過幾百遍了，不要什麼都不懂跑去亂搞！萬一遇到厲鬼怎麼辦？遇到什麼惡毒大妖怎麼辦？妳用不用腦袋啊～就跟妳說過，別去惹這些事情，妳是懂個屁啊～」

「你教我我就懂了嘛！」明琦也生氣了，「我就喜歡這套，怎麼樣？我還打算等畢業去考警官班呢！這是很有意義的事情，堂哥你怎麼不明白哪？那些人……好吧，那些死人，他們也是想要回家，想要告別，才會跟我起共鳴嘛！大家都這麼清高，只顧自己修行，屁啦！獨善其身是可以修到哪裡去啦！我以為你會懂我的……沒想到你也跟那些修到沒人性的王八蛋一樣！」

明峰簡直快氣死了。明琦說的這些，他都懂。事實上這些不是沒有人做，不然每年紅十字會和大小宗教教團教出來這些學生是幹嘛的？一定有人做這些事情，不需要這個啥都不懂的小女孩下去瞎攪和。

但他被這個口齒伶俐的小女孩一堵，氣得乾噎，隱隱覺得似乎又是一個麒麟。

他是命中帶煞嗎？老遇到類似的女人？

「妳……」他話說到一半，突然停了下來。明琦沒來由的緊緊抱住他，像是一隻警惕的貓。

他已經騎到林殃的家門口，破落的別墅孤零零的站在斜陽下，遍染血紅。或許是這樣的紅光太逼真、太神似，他似乎聞到不存在的血腥味。

「附近，有很多食屍鬼。」明琦沒頭沒腦的冒出這一句。

食屍鬼，又稱行屍。是死人受天精地華，復甦後，宛如野生動物的妖怪。他們不吃活人，畏懼生氣。只在地底下挖開棺材，啖食裡面的死屍，藉此維生。

但是數量這麼多，氣息這樣濃重，卻是很少有的事情。像是聽到什麼無聲的召喚，在此徘徊不去。

他停了車，四下張望。但沒看到什麼。或許都潛藏在地底下，屏息迴避著他們這兩個活人。

「……林殃！」他恐懼的衝進別墅，更不祥的是，別墅的門失去防禦，連物理性的鎖都被破壞。

他的心臟猛然的縮緊了。

屋裡沒有像他想像的凌亂。最少大廳沒有。靜靜的、蒙著一層薄灰，像是有段時間沒有人居住。

他覺得頗為害怕，從這間到那間的尋找林殃的蹤影。雖然他知道，林殃的能力非常強，即使身心都承受劇烈病痛，但她的存在感強大而莊嚴，只要她在屋裡，這棟破落別墅就成了銅牆鐵壁似的城堡，無須任何形式的護城河。

但她的存在感消失了。明峰當然找不到她。

明琦張大眼睛，看著慌張跑上跑下的堂哥。她拿出手提袋的彎曲鐵絲——在西方，被稱為「探水棒」，主要是拿來尋找水源和金屬。但到了她手上，找到的不是屍體、就是妖怪。

她直直的走進林殃的房間，坐在空無一人的床鋪上納悶著。她的堂哥真是交遊廣闊，居然認識了個女性殭尸，而且看起來非常擔心。

妖鳥姑獲成了她的五嫂子，這還勉強可以接受。畢竟妖鳥還有熱騰騰的血。但……

殭尸？這要讓她接受實在得花點時間。

明峰結束了他徒勞無功的追尋，走進林殃的房間，望著明琦發愣。

「堂哥，」明琦小心翼翼的問，「這個殭尸是妳女朋友？」

「不是……」他突然生氣起來，「林殃不是殭尸，妳胡說什麼？」

「她是。」明琦斬釘截鐵，「最少血緣上是，或者是個半殭尸……而且她習慣不太好，還把沒吃乾淨的『食物』埋得很淺。」

「胡說什麼……」他想否認，但卻說不下去。他不願意正視這個事實，雖然隱隱有感應。但他不願相信。

的確，他把身心毀傷的林殃和羅紗重疊，甚至積極的在附近尋找夢幻田園。若是真的找到了可以安葬羅紗的田園，每年清明來祭奠她的時候，他可以順道來探望林殃。知道林殃就在羅紗長眠的附近，他心底會有種淒涼的安慰。

很蠢，他知道。但他絕對不相信林殃會做這種事情。她不會啖食同類。

明琦看著堂哥臉色忽陰忽晴，雖然不明白他轉的念頭，但知道堂哥很維護這隻殭尸。

不過，她沒辦法裝作毫不知情。

執著探水棒，她往屋外走去。明峰遲疑了一下，跟在她身後。她在滿是黃土的荒廢後院繞了幾圈，走到一棵大樹下。「……這裡。不，堂哥，你不要挖！這交給警察處理比較好！」

但她來不及阻止明峰，他已經用手指挖開鬆軟的泥土，顫抖片刻以後，朝著旁邊乾嘔。

他不是因為慘不忍睹的屍塊而嘔吐，而是他天生無法承受這等污穢。那樣殘忍的污穢……那無辜的人到被吞噬殆盡的那一刻，意識還是清醒的。驚懼的魂魄依舊在慘叫，將他每一分的痛苦無限延伸到死後的每分每秒。

「太可憐了……」明琦卻沒什麼不適的樣子，細緻的臉龐充滿溫柔的悲憫。她雙手合十，「別怕，不要怕……哪，你的痛苦已經停止了。不會痛了呀，乖乖喔……」她生來的母性安撫了痛苦不堪的幽魂，「記得你家在哪嗎？不要緊，我們一起想……遇到這種事情，你一定很困惑，對吧？你很堅強喔，沒有變成倀鬼……你會想起回家的路的。沒關係的，來吧。」

她攤開一張黃色的、空白的符紙，哄著那個連話都說不出來的幽魂，「跟我來，我會送你回家。可能會花點時間，但我會送你回家。」

沒有儀式、咒語，甚至沒有誦經。她像是一個幼稚園老師，耐心的安撫小朋友，讓那個尖叫不停的幽魂靜下來，進入符紙成了一灘墨暈，含淚的沉眠。

頭昏腦脹的明峰看著他的小堂妹，眼睛都直了。她卻非常平靜，像是這種事情再自然也不過了。

「……妳若在中古世紀的西方，一定會被扛去燒掉。」他從來不知道堂妹有這種巫女似的天賦。

「什麼？」明琦茫然。她做這些事情都是出於憐憫，雖然身有力量，但她卻沒有學習過任何相關的知識。

這對她的天賦說不定反而好。因為無所知，所以無所懼。她依照本能，卻走了最便捷、最正確的道路。

這瞬間，明峰有了一絲奇異的迷惘。有些東西在心裡，像是就要明白了什麼，但一時之間，他還抓不住。

此時，他不知道為什麼，想起麒麟，和她完全不像話的咒。不像話的麒麟，於裡世界無知的堂妹。為什麼讓他有種親切、甚至相似的感覺？

「堂哥，」收起符紙，她看著發愣的明峰，滿臉關懷，「你還是不舒服嗎？」她知道大部分的人都畏懼這些屍骨，但她不怕。這些可憐的孩子……他們只是恐懼，並無心傷人。因為知道這點，所以她不怕。

「我不是怕這些屍塊……」明峰還有點頭痛，「是惡行……」

「污穢的惡行。」明琦點點頭，「他的傷口是……」

「我知道是什麼造成的。」明峰心浮氣躁。

他住了幾天，已然明白林殃的血統裡有殭尸這一系。但人類的血緣原本就很複雜，擁有殭尸的血統不足為奇。但他和林殃相處過，即使剔除和羅紗重疊引發的憐惜，他依舊敬重這位身在劇烈病痛仍舊保持尊嚴的女性。

是，這個人是被殭尸所啖食。但不可能是林殃。

一種更為不祥的感應讓他發冷起來。林殃是半妖。對於某些大妖來說，對人類動手會引發紅十字會之類的機關干涉，但對半妖這種曖昧種族，紅十字會通常睜隻眼閉隻眼。

若是另一隻純種、擁有道行的殭尸對林殃動手呢？在被林殃逃脫的時候，轉而啖食路人，淺埋在她的庭院當作一種聲明、一種宣告呢？

他不擅長追蹤。

「明琦，」他擔心得聲音沙啞，舔了舔乾裂的唇，「妳能追蹤林殃的氣息嗎？」

「可以。」明琦偏頭想了想，「我想可以。你要去追捕她嗎？」她有點擔心，但不害怕。

「……我要去保護她。」

* * *

明琦是個路痴。她最擅長的是嘴裡喊著「右轉」，卻拚命揮著左手。

「到底是左還右啊？」明峰已經沒有力氣生氣了。

「別聽我說什麼！」明琦還在拚命揮左手，「看我的手就對了！」

對，她的路痴非常嚴重，但她的路痴卻無損追蹤的本能。執著探水棒只是一種習慣，她能夠靈敏的感受，林殃的氣息在哪裡，明確無誤的追蹤而至。

「奇怪……好奇怪。」她很迷惘，「有兩個『她』。」

明峰困惑了一會兒，「妳是說，有兩個殭尸？」

明琦安靜下來，焦躁的啃指甲，「是……但也不是。我不知道。不過方向是相同的。」

越靠近追蹤目標，她越焦躁。她在警局打工有段時間，從來沒有遇過這種事情。類似的宛如一個人的氣，卻分為兩股，一前一後的在他們前面。這讓從來不害怕的她，非常害怕。

「……我們不要去好不好？」她虛弱的問。

明峰奇怪的看了她一眼，「妳若害怕，我送妳去火車站搭車回家。」他們距離嘉義火車站很近了。

她默然無語。這種陌生的恐懼讓她很不習慣，但也有種危險的刺激感。她很渴望見見那個奇怪的殭尸……若只有她一個人，她可能會跑掉。但她和堂哥在一起。

錯過這個機會，她將來會扼腕懊悔不已。

「……她就在火車站。」她發起抖來，不知道是怕，還是興奮。

明峰緊繃起來，將車騎到火車站附近，粗率的停在路旁，拉著明琦走向火車站。

不大的車站，人也不多。但無需明琦指引，連他都能感受到那種異樣的氣。那的確很類似林殃的氣息。

乾冷、虛無，橫越過死亡的黯淡。

他抓住來人的手臂，而明琦緊緊抓住他。他幾乎脫口而出的呼喚，卻在嗓眼裡停滯。

他瞠目看著那人冷淡的粟色眼珠，灰白頭髮。這是個外國男人，個子不高，清瘦嚴峻。看起來陌生卻熟悉。

他見過這個人的。當初他管著禁書區，而這位灰白頭髮的人，常來跟他登記借書。

啊。明峰恍然，我知道他是誰了。他是紅十字會西方學院的法師師傅。雖然明峰是東方學院的學生，但也聽聞過這位偉大師傅的事蹟。凱撒老師是當代西方巫術第一人。

一般來說，法師要不就修習白魔法，不然就是黑魔法，他不但兩種兼修，還是當中的翹楚，是個傳奇人物。

「……日安，凱撒老師。」他鬆了手。

凱撒老師偏了頭想了想，「哦，你是史密斯的學生，專管大圖書館的。日安，沒想到會遇到你。」

如果是凱撒老師，那就很正常。他大大的鬆口氣。「是，好久不見。老師怎麼會來這兒？」

「我在獵魔。」凱撒老師不欲多談，「是任務。」

要動用到師傅出來獵魔，可見事態嚴重。而這種祕密任務是必須保密的。

寒暄了幾句，凱撒老師點點頭離去。

明峰覺得手臂有些疼痛，發現他的小堂妹緊張得幾乎把指甲都掐進他的肉裡。「妳要抓爛我的手啊？」明峰哀叫著，「很痛欸！」

「……他、他是殭尸。」明琦整張臉變得慘白，嘴唇不斷顫抖。

「不，他不是。」明峰一根根的把明琦的手指掰開，耐著性子說明，「是有那股子氣氛沒錯，不過他不是。凱撒老師曾經因為病重過世，卻在死亡半天後清醒，所有疾病不藥而癒。他是個大法師，熟悉所有巫術和醫療，可說是當代巫者第一人。他用了祕術，讓疾病隨著死亡而去，再將自己從死亡中召喚回來。妳會覺得他像殭屍，是因為他橫越過死亡。」

明琦望了堂哥好一會兒，嚴肅的搖搖頭。不過，她沒再說什麼。「……另一股氣息，在正南方。」她指著，意外的，這次居然沒有錯誤。

她滿心沉重的上了堂哥的機車，心裡壓著甸甸的惶恐。雖然萬里無雲，天空晴朗的光輝燦爛。但她卻感到暴風雨將至的陰森。

我們真能平安度過嗎？

她嚥了口口水，閉目縮在堂哥的背後。只有表哥左肩若有似無的淡薄花香讓她感到一絲篤定的安慰。

* * *

越追蹤，明琦越焦躁。她發現自己的靈感像是故障了，她可以追蹤，但有些迷霧擋在她前面。她本來對自己的天賦相當有自信，那種野性般的天賦從來沒有背叛她。

但這一次，她被阻撓、錯引、混亂。越想找到正確的方向，反而越昏亂。最後連心智都蒙上嚴重而疼痛的陰影，她的腦子發出轟然的噪音，幾乎讓她瘋狂。

「明琦？」明峰發現了她的僵直，將車停在路邊，「明琦？妳不要跟我講，連騎機車都會暈車呀！」

他用左手覆著明琦的額頭，大吃一驚，「天！妳在發高燒！」

淡得幾乎無法察覺的花香席捲，讓她的腦子清楚許多。她結巴而吃力的說，「琴……音樂……想聽、我想聽……」

「妳該送醫院而不是……」

明琦瞥見這小小市鎮居然有家樂器行，她更用力的指著，「琴、琴！」她焦躁而哀求，她不知道這樣的清明可以維持多久，但本能告訴她，絕對而致命的危險只有這方法破解。

明峰驚詫，但他的左耳微微熱起來，就在耳環的位置。

是有一些什麼。他不再說話，半扶半抱著明琦，走進那家樂器行。他環顧四周，

「有古箏嗎？」

「古箏？」店主嚇了一大跳，「……有是有，不過那是教學用的……」這家店也兼營古箏教室。

「可以刷卡嗎？不，沒關係。或者先借我彈？幾分鐘就好，我會付費。」他不等店主答應，直覺的走進古箏教室，讓明琦虛弱的盤膝而坐。

他的琴彈得不太好，但還算有點基礎。猶豫了一下，他彈起〈十面埋伏〉。

羅紗教他的時候，並沒有告訴他這原是琵琶名曲。但他知道以後，也不覺得古琴彈奏有什麼不對。

他激烈的彈起〈十面埋伏〉。當初羅紗教他的時候，兩個人都有相同的迷惘。羅紗自己也很困惑，她不知道為什麼要教明峰這樣殺氣十足的曲子，這和她的個性不合，也和明峰的個性不合。

但她說不出為什麼，執意將他教會。

這首干戈大起，震聾發聵的戰曲，在明峰手裡彈出許多錯誤。但他彈得這樣氣勢萬鈞，誰會在意他的錯誤呢？他的琴聲不但鎮定了明琦的高燒，甚至將小鎮附近的雜鬼邪靈逼得飛逃，數十年不敢回顧。

路人驚愕的駐足，感到一股無形而強烈的風刮過整個小鎮，像是猛烈的山嵐，狂野的掃蕩整個小鎮的所有邪惡。

直到他狂暴的彈斷一根弦，破除了〈十面埋伏〉。

他靜默。整個鎮都歸於寂靜。然後響起掌聲，熱烈而漫長的掌聲。

這是祓禊。他居然用不純熟的琴藝祓禊。

「堂哥。」明琦的高燒已退，她頰上滾著驚懼又激動的淚，「有人在我身上下了咒。不讓我繼續追蹤。」

他憤怒又害怕。「妳回家去。」他將麒麟給他的護身符塞給明琦，「妳立刻回家去。」

「……我要看到最後。」她寧定了些，擦擦眼淚，「我不要夾著尾巴逃跑。」復轉淒婉，「而且現在逃也太遲了。」

明峰靜默下來，他明白堂妹的本能是對的。從她開始追蹤起，就逃不了干係。

他想買下古箏，但宛如大夢初醒的店主嚴拒了他的鈔票。他在明峰的演奏不久就錄了音，他只央求讓他保留，還幫他換了弦。

「這把古箏是便宜貨。」他有點羞赧，「但你彈得實在太棒了。」

這不完全是我彈的。明峰很想告訴他。是有個天才而無名的琴姬，將她的「思念」寄託在我身上，所以才能有這樣感人的琴聲。

但他什麼也沒說，只是喃喃的道謝，帶著有些發軟的明琦，繼續追蹤。

他不相信，他絕對不相信林殃會這麼做。但明琦是在追蹤她的形跡時才被下咒的。而他，很明白林殃有這種能力。

這讓明峰的心情更為沉重。

他們繼續往南追蹤，當明琦開始發燒，他們就停下來，沒有任何法器的明峰，只靠一把機器粗製濫造的古箏，排拒不斷發作的咒。

原本生澀的指法，卻越來越熟練。或許名琴不是必要的，或許是什麼樂器都無所謂。說不定什麼形式都不太重要。

明峰的心裡掠過模糊的概念。

他不再停下來，而是吹著口哨，哨音是〈十面埋伏〉。很奇特的，這樣居然也能鎮壓明琦身上的惡咒，並且一點一滴的解除。

這讓他們速度快了起來。只是，他們沿途不斷發現新的屍體，明琦不顧自己的虛弱，堅持的收魂。等收到了第六個無助的冤魂時，明峰的憤怒被點燃了。

他不得不同意麒麟的見解：這些都是他的眷族，同為人類的眷族。他不是救世主，但無法看到邪惡在眼皮底下無恥的張揚。因為這就是人類希冀繁衍下去的本能。

等追蹤到的時候，明峰絕望的發現，林殃正抱著屍骨不全的屍體，全身染著血。他不願相信，不敢相信的看著她。

「你別插手。」冷酷而嚴峻的德語在他耳邊響起，「她是我的。」

明峰轉頭看著凱撒老師，有些迷惑的。

「她就是我的祕密任務，難道你不明白嗎？退下！」他舉起法杖，「退下！不要干擾我！」

明峰靜默片刻，「林殃，妳想說什麼嗎？」

「滾遠點。」她淡漠，被毀的右臉疤痕通紅。「走開。」

「你認識這隻殭尸？」法師師傅臉孔的線條更嚴厲，「你可知她的惡行？」

林殃笑了起來，卻沒有歡意。「好吧，是我幹的。你快滾吧，我和這位偉大的法師有舊要敘。」

「邪惡，妳這招來邪惡的惡毒巫女！」他的法杖放出無法逼視的光芒。這光芒籠罩在林殃的四周，轟然的裂地成為咒文陣。林殃痛苦的往後一仰，像是被捆綁一般，失去了聲音。

明琦也拚命吸氣，痛苦的抓著自己咽喉。她被緊縮、無形的刺穿聲音，幾乎無法呼吸。她又被抓住了，被惡毒的咒抓住了。

茫然的明峰瞥見她的痛苦，小聲小聲的吹著口哨，哼著〈十面埋伏〉的曲調。

這低低的聲音在轟然沉悶的巨響裡，是這麼微弱，卻也如此清晰。一方面解除了明琦的痛苦，一方面卻也解除了林殃的痛苦。

「外援，總是來自意想不到的地方啊，凱撒。」林殃惡意的一笑，卻只有半個笑容。「我記得你是德國人。那就用德語跟你問候吧。」

她張開嘴，發出撕裂天地、直穿雲霄的歌聲。

這是〈魔笛〉的一部分，夜女王的獨唱曲。聲韻之高，直抵高音F。她慷慨激昂的使用歌聲如利劍，將困住她的光亮咒文陣如琉璃般震個粉碎。她滿身是血，直起佝僂的背，用美麗得幾近恐怖的歌聲絞住大法師的聲音，震落他手上的法杖。

大法師像是被雷驚呆的孩子，默然呆立。「……孩子，幫助我。」他的聲音痛苦而無助，「別讓她再去危害世人。」他向明峰伸手，枯瘦的手痛苦顫抖。

讓我對付林殃？明峰獃住。他不願意，打從心底不願意。但林殃在他眼前行使如此邪惡。雖然她的聲音這樣美麗充滿魔力，但她依舊以啖食人類維生。

「林殃，妳跟我來吧。」他懇求，「我知道有個殭尸成為禁咒師的式神，而且發誓不再食人。妳也可以得救的……跟我來吧。」

林殃沒有停止。她以歌聲編織咒網，無法停止。她專注的唱著，只是注視明峰，眼底有股嘲諷的笑意。

「她不會悔改！」凱撒痛苦不堪，「快！她緘默了我所有的咒！快殺了她！」

我不能殺她。我不願意相信，就算事實擺在眼前，他依舊不願相信。但他可以制止她。

用歌聲編構咒網的她，沒有防備。

他站起來，明琦卻使盡全力，抓住他的衣袖。「不對。堂哥，不是那樣。」她被禁咒折磨得筋疲力盡，依舊勉強保持清明。「你要看、看清楚……敬畏蒙蔽你……」

她昏了過去。

明峰轉眼，看到偉大的法師，卻有著烏黑的指甲，宛如鳥爪。

跨越死亡，還是屈服於死亡？

明峰冉冉的升起一股懼意。

「老師，」他聲音掩不住驚恐，「你的手？」

被緘默了所有身為「人」的咒，並且因為純淨樂音而痛苦不堪的凱撒，望著自己烏黑的指甲，一點一滴蔓延的枯槁。

「你瞎了嗎？」他嘶聲，德語特有的慷慨激昂讓他的憤怒更張揚，「難道你看不出來這是女巫的瞞騙？卑劣的支那豬！」

明峰愣住。向來冷靜嚴厲的法師師傅從來沒有口出惡言過。「……老師，征服或屈服？」

幾乎被解體——人類軀體——的凱撒，抬起充滿渾濁血絲的眼睛，「有什麼差別？

都是一樣的、一樣的！」

在他們對答中，林殃將龐大的咒網織構完整，粉碎了凱撒「人」的外殼。他已經不再腐爛，卻乾枯得宛如髑髏。凱撒發出聲聲的慘叫，卻不是因為疼痛，他從死亡中歸來，早就失去了疼痛的感覺。

他忿恨、羞愧，乃是因為他的真相被人發現。

林殃有氣無力的咳了兩聲，扶著枴杖站起來，顫巍巍的拔出枴杖裡的刀，發出冰寒的光亮。

「你的飢餓掩藏得很好，一旦爆發卻不可收拾。」她的眼神憂鬱，「我本來以為你只想吃我，哪知道你倒是一路吃個不停。」

「……是妳害我的，都是妳，都是妳！」凱撒狂叫，撿起地上的法杖，「完全都是因為妳的關係！」

林殃淡漠的看著他，「你是誰？我認識你嗎？」

成為殭尸的法師不敢置信，「……妳還裝？妳明明知道我是凱撒！」

「這名字是你告訴我的。但我一點記憶也沒有。」

「妳怎麼可能忘記我？怎麼可能?!」法師狂怒起來，「妳會變成殭尸，是我害的！妳不可能忘記我！在那個殭尸襲擊我的時候，妳和他奮戰，是我袖手旁觀，是我！是我偷襲妳，好讓殭尸殺掉妳……是我、就是我！若不是妳多事的哥哥來救妳，妳早該死了！」

「有這種事嗎？」她依舊冷淡，「年紀大了，連早餐吃什麼都忘了，怎麼可能記得那麼遠的事和人？」

「……妳怎麼可以忘記我？」他的聲音輕如耳語，沒有眼瞼的眼睛滲出黃濁的淚，「妳怎麼可以忘記我、忘記我？Dryad，林精？我這樣愛妳，沒有止境的愛妳……我也恨妳，恨妳永遠的青春美麗。妳早晚會丟下我而去，歲月會帶走妳！我寧可妳死去，因為我死去，在最美的時候死去！我的林精……」

「我不是『Dryad』，」林殃很厭倦，「是哪個笨蛋這樣翻譯給你聽的？不過也無所謂。反正我不認識你。」

殭尸法師開始發抖，憤怒幾乎焚盡所有理智。「……吞噬吧、毀滅吧，一切的一切……」

他發出無聲的哀鳴，原本掩蓋在理性之下的黑暗智識，因為「人類」的部分毀滅失去了轄治。他碎裂大地，讓無數冤鬼妖異蜂擁而出，天空詭異的迴轉起深紫的雲相呼應。

在宏偉黑暗大法下，眾生靜默，無法言語。連明峰都被鎮住，只能張目呆立。只有林殃輕輕的咳嗽著，握著晶亮的楞杖刀，發出冷冷的寒光。她不再駝背，微跛的姿態也消失。她敏捷的劈開冤鬼妖異形成的龐大屏障，刀尖直指法師的頭顱。

像是把病痛、瘋狂，和被迫扭曲的心靈完全放置一旁，她這樣銳利、霜寒的像是刀鋒。或許她就是刀鋒，完整的刀鋒。她用一種破碎又完整的優美襲擊殭尸法師，她已經不再是那個半瘋狂、病痛的老婦。

她就是「咒」。她的聲音、容顏、姿態，就是一道完整、完美無暇的咒。

無畏的投向當代殭尸法師最後也是最強大的咒文陣中，無謂生也無謂死的，像是一隻蜉蝣，投身到黑暗的海嘯中，希冀可以平息海怒。

「不！不要！」明峰在驚詫中掙脫了束縛，他急急的念著，「宇宙天地賜我力量，降服群魔迎來曙光！吾之鬼手所封百鬼，尊我號令只在此刻！」

他伸出左手，覺得耳垂不斷發燙，香風籠罩，傳來陣陣若有似無的琴聲。他沒注意到自己的手變得白皙柔緻，安撫了無數冤鬼妖異的哀鳴，這股香風居然意外的鎮服了殭尸法師賴以維生的黑暗，讓他發出絕命的嚎叫，並在此刻讓林殃砍下了他的頭顱。

林殃呼出了一口氣，軟軟的癱了下來。若不是明峰伸手抱住她，她很可能會跌個頭破血流。

她在笑，雖然只有半個臉會笑。但那是自豪的、驕傲的笑。在愁苦襲來之前，她笑了，雖然同時流下眼淚。

甦醒過來的堂妹爬過來抱著明峰的腰，哭得很慘。

結束了。終於。

明峰忍著淚，心裡不知道是什麼滋味。這樣偉大的法師居然屈服於死亡，將自己獻給邪惡，這讓他膽戰心傷。但明琦好好的，林殃也好好的，他該感到滿足。

我的力量都是借來的。沒有羅紗殘存的思念，沒有英俊的護衛，沒有麒麟的照顧，他不可能平安到現在。他感謝這些心愛的人，同時隨時願意站在她們面前。

他也哭了。

正因為他的情緒這樣激動，所以沒有發現身後沒有頭顱的殭屍顫巍巍的爬起來，拿著法杖，一步步，無聲的接近。

他快要死了。他的智識、他的技藝、他的法術都要一起消亡了。但他盲目而執著的，要將最後的力量引爆，要將他深愛同時痛恨的林精一起拖下地獄。

他一步步的走近。

明峰倏然抬起頭。

等他驚覺的時候，為時已晚。他可以感到冰冷的黑暗籠罩，連一再庇佑他的香風都被迫緘默，如死亡般。

龐大、霜寒、邪惡的黑暗……像是死亡具體化降臨於人世，森冷的觸感掐緊了他的脖子，束縛了他的四肢。他只能伏下抱住兩個女人，希望用自己的身體擋住死亡之怒。

因為除了這個動作，他根本動彈不得。

不能讓她們死，不能。哪怕是要獻出生命，他也必須保護她們。他再也不要，再也不要看著任何心愛的人死在眼前了。

閉上眼，他咬緊牙關。因為他說不出任何一個字，甚至連呼喚都被鎖死。

在死亡之前，一切都是驚懼的緘默。

他將殞命於此了……

「凱撒，夠了。」溫厚低沉的男聲，鎮壓住那種霜寒的死之咒陣。「我並不想毀滅你。執著這麼久，你也該放手了吧。」

明峰眨了眨乾澀的眼睛，轉頭回望。無頭的殭屍法師拿著法杖，雙手大張，在雙手間，一團名之為死亡的黑暗盤旋凝聚，隱隱的有著無數哭嚎的尖叫。

在他身邊有個中年男子，卻抱著殭屍法師的頭，表情這樣悲憫。

「林越，你懂什麼?!」那顆頭顱吐出怨毒，「別想阻止我！你這卑賤的、人工合成的下流妖怪！」他引爆黑暗。

明峰將眼一閉，不想看見自己的末路。許久之後，卻什麼動靜也沒有。

偷偷睜開眼睛，發現再也不見殭屍法師的身影。在他原本站立的地方，竄出無數翠綠的藤蔓，將他裹實了，連同他的黑暗、他的死亡。

那名為林越的男子將頭顱送給翠綠的藤蔓，讓殭尸法師得回自己的頭顱。但他被困住，被無數綠意困住。

「法師啦、巫師啦，老以為自己的力量很強大。不管服膺光明還是黑暗，都自以為這些力量只根源於光明黑暗或元素，卻不聽聽大自然的聲音。」林越喃喃的牢騷著，「你看不起我所代表的植物吧？但你忘記一件事情。所有的植物都根源於黑暗的大地，卻伸手向光明。從來沒有倒過頭的植物，將頭埋進大地，用身軀迎接光明。」

「不要……煩擾我……」殭尸法師在枝條間發出模糊的怒吼，「殺了你，殺掉你們……通通去死，都死……」

但他的黑暗卻被植物吸收了，像是吸入了二氧化碳一般。他也漸漸枯萎，因為黑暗是支撐他存在的力量。

他不甘心，他不甘心！林精……「Dryad！」

「我不是。」疲憊得連頭都抬不起來的林殃輕輕的、淡漠的回答。「你走吧。我並不恨你，雖然也不打算寬恕你。因為我完全沒有對你的記憶。對於一個陌生人，任何情感都不適宜。」

殭尸法師的掙扎消失了。他呆呆的，呆呆的望著林殃。望著她完美的半張臉、破碎的半張臉。他迷惘起來，那個時候……在他們依舊相愛的時候，他為什麼會突然讓邪惡抓住，坐視林殃被撕裂呢？

對永恆青春的忌妒？對自己日漸年老的恐慌？還是只是單純的、恐懼失去她的那一天？

或許都是，也或許都不是？

也說不定，他希望林殃會永遠忘不了他，在她心底刻畫最深的痕跡。

他為什麼要執著的從死亡中復生？不就是因為林殃還活著？

但她忘了，她什麼都忘記了。

「我無須存在。」他放棄抵抗，任憑自己被翠綠吸收殆盡，「既然妳忘了我，我存在的意義在哪裡呢……？」

這位偉大的法師，即使屈服死亡，成為巫妖，依舊是當代第一人的法師，就這樣消散，滅亡的主因是心死。

心既然死了，心魅也因此消亡。

他消亡的時候，從翠綠枝枒中，飛出一抹晶瑩剔透。明峰微感異樣，不等他伸手，那片碎琉璃似的碎片已經飛到他身邊，眷戀著他掛在脖子上的小水晶瓶不去。

明峰困惑的，打開小水晶瓶。那微小的光亮融入之前收到的碎片中，渾如一體。

林越狐疑的看著明峰的舉動，但回頭瞥瞥委靡的林殃，決定先把這件事擱置一旁。輕輕的嘆了口氣，蹲下來看著林殃，語氣關懷，卻帶著一絲責備，「學妹，妳不該躲開我。」

林殃將臉別開，頰上出現了一絲晶亮。

六、在哀傷的夏夜

林越邀請明峰等人到他的臨時住處。他目前在嘉義某所大學暫時居留，是棟小小屋舍，孤零零的站在翠綠的牧場邊緣。

林殃沒說什麼，呆滯遲鈍的溫順，而明琦滾著微燒，正在昏睡。林越熟練的安頓兩個像是生病的女人，他知道這不是身體的疾病，但靈魂染上了黑暗，卻比身體的傷害還嚴重。

他各在兩個女人的房間裡放置靜靜沸騰的熱水，將一些不知名的葉子、枝梗扔進去，房間因此漂浮著一種奇特、清新的香味。

「這樣就行了嗎？」明峰有點膽戰心驚。

「行了。我們對靈魂所受的傷沒有什麼辦法。真正能夠治癒傷痛的，只有我們自己，醫生所為極其有限。」林越溫和的說，「讓她們好好睡一會兒。女人的靈魂比我們堅強多了，很快就會痊癒的。來，別打擾她們。」

他們一起到小小的客廳，互相打量著。

在明峰眼中，林越是個外表樸實的中年男子。他不年輕，但也不年老，年齡從二十五到五十二都有可能。歲月沒有在他的臉龐刻下痕跡，卻讓他的眼神顯得沉穩而滄桑。

他有種奇怪的感覺。若是百年大樹有眼睛，應該就像這樣。看過許多歲月，卻不會動搖深扎大地的根本。

這個人很奇怪。明峰有些迷惑。他的氣是人類，但卻帶著一種僵硬的、強加的妖氣。那是植物系的妖怪才會有的妖氣，他曾經被半花妖開玩笑的追殺過，他很清楚。但是……

半花妖是和諧的。就跟一般的混血兒沒什麼不同，他們擁有一些不同種族的特質，水乳交融。但眼前這個男子卻不是這樣，人類和妖氣涇渭分明，像是強行縫合在一起。

這種痕跡讓他心驚，也有些莫名的傷痛。

林越看著明峰，也有點迷糊。他自認見多識廣，卻沒想到在這末世看到一個純粹血統的人類。這是大自然的玩笑？想起廣為流傳的預言，他有些不安。

「我姓林，林越。」林越開口了，遞給他一張名片，「謝謝你在我趕到前保護我的學妹。」

明峰狼狽的驚醒，發現自己不禮貌的盯著對方已經太久。「不、不。我什麼也不會……我不在場，林殃也會自己解決的。」

「或許。」他無奈的笑了笑，放鬆了些。他對林殃是善意的。能對林殃保持善意，他才不在乎眼前的純血人類有多奇怪。「但她可能……」他停了口，心裡一陣陣的疼痛，「我還是得謝謝你。」

明峰喃喃的說著客套話。林越。這張精巧的名片有著木質的觸感，上面只有優美的篆體寫著：

「夏夜　林越」

然後是一行電話號碼。

單看「夏夜」，他可能沒有感覺，單看「林越」，他也可能沒有記憶。但這兩個組合起來……

蕙娘在他臨行前，塞過一本通訊錄，他幾乎都翻過一遍了。蕙娘的字纖秀，還貼心的在每個通訊人後面寫了簡短的介紹。

「夏夜」！他怎麼可能忘記這個機構！即使在紅十字會，這個奇特的學術機構也是相當有名的。每年紅十字會會派幾個學生到「夏夜」研習，因為「夏夜」這個拿政府經費做研究的學術機構，專門研究蠱毒和「裡世界」引發的疫病，在學術上有著崇高的地位。他到了紅十字會才知道「夏夜」原來就在他的故鄉。

而這個聲名遠播的「夏夜」負責人，姓林名越，被尊稱為「大師傅」。更因為他早年在紅十字會研修過，被視為紅十字會的榮耀。

麒麟認識大師傅，讓他大吃一驚。這可是傳奇性的人物呢。

沒想到他和傳奇人物面對面坐著。

「……大師傅！」明峰興奮得有點結結巴巴，「我、我出身紅十字會，現在是麒麟的學生……」

林越也吃驚了。他是聽說麒麟收了個奇特的弟子，卻沒想到這麼奇特。「哦，難怪……」他鬆了口氣，真正的微笑起來，「麒麟行事沒半點章法。」

明峰慎重的點頭。身為她的學生，真的無法同意的更多了。

因為紅十字會，因為麒麟，他們感到親近許多，開始閒聊起來。

大師傅當了很多年的老師，遇到明峰這樣乖巧的學生，越發和藹，明峰跟從毫無章法的老師太久，遇到這種天生的教職人員，更是相見恨晚。

「當初你來夏夜就好了。」大師傅感慨，「我也不會被那些不成材的學生氣得心臟病要爆發。不過你還這麼年輕，來夏夜真的太早。過個幾年，你若從麒麟這兒畢業了，看要不要來夏夜進修。你在紅十字會研修道術？據我所知，紅十字會只有個符論老師，而且已經過世了。」

說到這個，明峰就有點氣餒。「是。我在紅十字會沒有修習到多少道術，倒是管了大圖書館不少時候……」

至於跟麒麟學了些什麼，兩個男人很聰明的迴避過去。總不能說廚藝和動漫畫的知識與日俱增吧？大師傅是知道麒麟的。

大師傅望著明峰，輕笑一聲。「你管圖書館那個部分？」

「我管整個東方部書籍區。史密斯老師搞不太懂這部分，反正我也沒什麼課……我的『裡世界史』倒是念得很好。」

「很遺憾，夏夜也沒有相關的研究。或者你想學習蠱毒？鬼學？植物學？只要有興趣，你可以來夏夜看看，我們也有非常龐大的圖書館。或許你會從中找到你的志趣……」

他們討論了一會兒，更了解夏夜的制度。明峰不禁羨慕起來，或許這是一種更適合的生活方式。安穩、平靜，可以與豐富學識常伴左右。

跟從麒麟，他的生活一直動盪不安。或許他非常懷念著大圖書館的歲月，安靜的閱讀、學習，將一本本古冊修復、歸類。

或許不完全是夏夜的生活方式，經過交談，他對大師傅也有種尊崇、孺慕的感覺。但也因為他尊敬大師傅，所以他感到非常不安。他見過、經歷過太多，關於長生的貪念、青春的渴望。

「大師傅，這些都很好。」他直率的望著這位和藹的老師，「但夏夜的研究是為了長生不老嗎？這我不太喜歡。」

大師傅饒有深意的看他，「長生不老不好嗎？」

「很不好。」明峰回答，「麒麟是因為變故，才不得不長生不老。她很辛苦……真的。她說過，長生不老是種惡毒的詛咒。人類不要自找成為妖怪。」

原本以為頂撞了大師傅，沒想到他笑了。「你說得沒錯。現在我知道麒麟為什麼要帶你了……她可是極為貪懶，推掉多少有才能也有野心的弟子。」

他深思了一下，「你說你管過大圖書館，你對『七三一部隊』有多少認識？」

明峰的表情一陣空白，努力壓制劇烈的顫抖，卻不太成功。他無法抵抗這種污穢的邪惡，當初他是抱著垃圾桶整理關於「七三一部隊」的史料，那種宛如熱病的痛苦，如今記憶猶新。

「……在中國大陸實行大規模細菌戰的人體實驗。」他嚥著口水，勉強嚥下欲嘔的感覺。

大師傅點了點頭，短促的笑了笑，「是，大致上是這樣，但不完全。除了『七三一部隊』，還有其他的……還早於七三一部隊。我想禁書區可能有記錄。」

明峰呆呆的望著大師傅，記憶不太情願的轉動。是，他在禁書區整理過。那是殘破的幾頁報告，有被火焚的痕跡。但那幾頁有著殘存的、陰陽道的咒存在，花了不少人力物力淨化，還是陰森如鬼魅，幾近成妖。

「……那個部隊，代號叫做『蠱』。」他臉孔蒼白的回憶著。因為日文報告卻用個艱深的漢字，所以他印象特別深。「這支部隊負著祕密任務，潛伏在雲南一帶。但中間亡佚太多頁了，只有末頁還很清楚……」

原本蒼勁有力的日文卻因為忿恨扭曲，「夏夜奪走了一切！」

當時他一面吐一面整理這些史料，以為是「夏雨」，或者說是研究成果都因為夏雨引發洪水之類的天災才毀滅，因為「夏夜」是不可能奪走什麼。

「是我們拿走了他們所有的研究報告。」大師傅坦然，「我們就是『夏夜』。」

明峰驚呆了，好一會兒找不到自己的聲音。

「你生於和平，我希望你也死於和平。」大師傅的語氣平和，帶著一絲灰暗的沉靜。「希望你這一生，都不知道戰爭的滋味。」

那一年，烽火連天。

那時的林越還是個普通的、醫學系的學生。他已經快要畢業了，卻爆發了這場戰爭。不願意放棄學業，他跟隨著學校遷徙，準備到陪都重慶。

同校師生約百名，有男有女有老有少，一起踏上這條艱困而漫長的旅程。本來是懷抱著樂觀的希望，卻沒想到這條旅程是不歸路。

半路上，他們被突然出現的日軍綁架。一百多名師生，面對不到十人的日軍，卻沒有一個逃脫。因為領軍的嬌小日本軍官，彎著血染似的嫣紅嘴唇，說，「來。」

這個字鎮住了他們，然後被帶入地獄。

這個化名為「鈴木大佐」的日本軍官，其實是殘存的陰陽師之一。他本姓「御小角」，出身有名的陰陽道世家。

和保守自制的本家不同，鈴木大佐狂於「御鬼」，並且對雲南蠱毒有著奇特的熱切。一來是政府的委託，二來是他個人的野心，當七三一部隊開拔之後，他帶著另一支隊伍往雲南而去，準備用他的才能彰顯於世。

日本定義中的「鬼」和中國慣用的「鬼」，實質上並不相同。日本的「鬼」比較接近妖獸、精怪，根源不一，有些是由人妖化而成。他精於役鬼，但這種「鬼」非常罕見，無法成為有效的戰力。

長年研究之下，他認為，可以像病毒感染一樣，讓人類成「鬼」。但這樣的「鬼」

不聽使喚，沒有理智，直到他發現雲南蠱毒可以控制人的心智，即使成「鬼」也不會失去效果。

於是，默默的，他在雲南隱蔽的山區，開始了他龐大而殘酷的實驗。這群只是偶然被拘捕的師生，就成了他的犧牲品。

自從被拘捕之後，他們就被拿走了名字。他們成了「原木」和標號的組成，不再是人類了。

這個龐大殘酷的實驗其實是種妄想。人類的血緣非常複雜，除非是有稀薄的「鬼」血統，不然無法被感染。他不明白這些，只是將碎割的「鬼」移植在實驗體身上，並加以蠱毒。大部分的人都因此發狂，在痛苦不堪中死亡。少數成為「鬼」的實驗體，也活沒多久，就自體爆裂。

深受挫折的鈴木大佐非常憤怒，但他還不知道自己的錯誤。他想，從日本帶來的原株不能的話，那中國土產的「鬼」呢？

他獵捕了一隻樹妖。

那隻樹妖還很年輕，不到百歲，才剛剛結好內丹。光滑、圓潤，生氣蓬勃。他安靜的住在深山裡頭，將根深扎於大地，仰望日月星辰，無憂無慮。

鈴木大佐卻殘酷的將他獵捕，然後將剛修為人形的他活生生的凌遲。將所有的碎片都植入還活著、奄奄一息的實驗體中。為了謹慎，這次他沒有同時加上控制心智的蠱毒。他對自己的禁咒非常自信。

成果雖然不令人滿意，但也還可以。存活下來，還保留智力、理性，維持人形的完美實驗體共有四個。

是人類，卻也保留樹妖的能力。他非常高興，認為自己找到了成功的方法。

將來，他可以製造一支唯命是從，堅韌、強大的樹妖軍隊。他將獲得無上的聲望，甚至可以滿足自己日漸膨脹的野心。在他的幻想中，他已經因此君臨天下。

為了讓這完美的實驗體夠強壯，足以承受蠱毒，他只加強了禁咒。然而，這是謹慎的鈴木大佐終生最重大的失誤。

這四個人，很巧的都姓林。因為鈴木大佐拿走了他們的名字，所以沒有注意這個奇妙的巧合。這四個林姓後代，祖上可上溯到相同的祖先，一個美麗而強大的樹妖。

他們身有稀薄的樹妖血統，所以在這場殘酷的實驗中存活下來。得到不自然的強壯和法力，並且從禁咒中清醒過來，懷著師友被殺和樹妖殞命的雙重怨恨。

低聲交談、並且飲泣。在這之前，他們雖然同校，卻很陌生，但在這之後，他們隱隱的知道了自己不幸的命運。被這樣殘酷操弄過後，他們不再是人類，也不是妖怪。他們成了異類，只有這四個人是至親了。

他們互稱學長學妹，懷著必死的決心，打開了禁咒。

第一次殺人，他們都很恐懼。但是這樣邪惡、污穢，若不清除，一定會有更多人受害。兩個學妹都邊哭邊殺害衝過來的日軍，他和學長也咬牙，盡力忽略穿透人體的噁心感。

那一夜，他們屠盡了整個日軍營地。只有竭力護衛文件想要逃走的文書官，他們實在下不了手。

他這樣拚命，這樣努力，就是想要護衛這些資料。這些資料起碼有五、六個木箱的量，直到現在，經歷如此血腥恐怖的一夜，他還不放棄他的職責。

茫然四顧，他們找不到始作俑者的鈴木大佐。多殺這個文書官也沒什麼用吧？

學長將文書官擲遠，他又爬著回來抱住木箱。

「你怕不能交代？」學長沉鬱的笑，「你告訴鈴木大佐，是我們拿去了。」

「你們是哪來的間諜？可惡的支那豬……」文書官斷了腿，還不斷的怒罵。

學長仰望星空。不管發生了多少殘酷血腥，星星依舊歡笑的閃爍，在這淡漠的夏夜裡。

「我們是『夏夜』。」他在沙地上寫著，讓文書官看清楚那兩個漢字，「等你見到鈴木大佐，就這樣告訴他。要他等著，我們會去跟他要回這筆血債。」

他們打昏了文書官，將所有的研究報告都取走，然後放火燒了這個殘忍的實驗營地。

「我們應該燒掉這些報告。」林殃虛弱的說。

「不，」林越抹去頰上的淚，「這是我們同學、老師屍骨堆積起來的血淚。我們該研究這些，用以行善，才真的能夠憑弔他們。」

學長和另一個學妹贊成，林殃只是落淚，沒有說話。

那一個夜晚，「夏夜」成立了。

「學長成立了『夏夜』。當時的政府接納了我們，也接納了我們的研究。或許他們有他們的想法……但我們也有我們的想法。」大師傅淡漠的說，「我們在雲南成立了研究所。當時有許多流亡學生，在那種戰爭的時代……許多人家破人亡。我們召集這些一無所有、只餘學術熱誠的學者，從事蠱毒之類的研究。漸漸有了規模，後來為了躲避戰火，隨著遷播來台。」

他望著火紅燦爛的夕陽。夏夜，即將降臨。

「學長和我都是學醫的。一開始，我們一面研究，一面互相學習。另一個學妹是學哲學的，後來她就著資料整理，開始深探幽冥。而林殃……她是學聲樂的。」

大師傅苦笑，「在我們那個年代，學聲樂的女生很稀少，若非有一定家底和財富……但她不是因為家世和富有。

她天生是個聲樂家，若不是戰爭爆發，破碎了她的家庭，她應該在維也納深造才對。她一直很惶恐、害怕。但我們沒有注意到她的孤獨……當時我和學長學妹都致力於

『夏夜』，像是投入沒天沒夜的工作可以忘記自己已是異類。

林殃那時正在幫植物學的老師建立溫室。後來到台灣她也如此。但她封閉自己，除了對植物歌唱，幾乎不與其他人交談。」

後來，紅十字會跟他們接觸，發現林殃歌唱足以促使植物生長開花結果，跟她提及紅十字會也有人擁有類似能力，並且開堂授課，她就執意去了紅十字會。

後來聽說膽怯、溫柔的林殃居然成了妖異獵人，並且固執追捕逃過戰犯命運的鈴木大佐，將他斬殺在御小角本家的大廳，大為驚訝。

但當時，學妹失蹤，學長外出雲遊，夏夜只有他獨撐。他花了一些時間安排，才去探望林殃。

他終於知道林殃為何滯留在紅十字會不歸，為何成為妖異獵人。她戀愛了。她和紅十字會最出色的法師成了搭檔和情侶，她陪著法師到處追獵，並用沒有被妖力污染的純淨歌聲編構完整而柔韌的咒網。

「戀愛真的可以徹底改變一個人。」大師傅微笑，帶著模糊的感傷，「原本失去笑容的她，變得這樣美麗、溫柔，總是微笑著。她是多麼美啊，她的聲音和她的人……她是多麼美啊……」

那時她的戀人凱撒，喜歡叫她「Dryad」。這其實是個美國人的錯誤轉譯，他知道林殃姓林，林是樹木的意思，而她又是樹妖體質的人類。那個美國人將林殃介紹給凱撒時告訴他，林殃是「Dryad」，林精。

大師傅去紅十字會幾個月，和凱撒處得很好。覺得這個年輕法師應該會讓林殃得到幸福，感到很安慰。「夏夜」不能沒有他，他便和林殃、凱撒告別，回到「夏夜」。

等他知道林殃出了意外，已經遍尋不到她的蹤影了。身受重傷的凱撒已有老態，口口聲聲說林殃已經死了。

他不相信。

他們被強迫改造成妖怪，血脈有著神祕的連結。他知道林殃出了大事，但還沒有死亡。

他的預感是對的。雲遊的學長將毀了半張臉、殘廢、連聲帶都受損的林殃帶回來。她身心都受到巨創，而且感染嚴重的屍毒，連林越都束手無策。更糟糕的是，她不肯開口，盲啞如靜默動物。大師傅見過太多心傷而死的人，他害怕這個溫柔的學妹也將枯萎死去。

但她卻頑強的、帶著殘毀的身心活了下來。在「夏夜」潛心研究醫學五年，然後又不告而別。

「她什麼都不肯說。」夜幕已經降臨，帶著淒涼的森冷，「直到今天，我才知道了完整的原貌。」

他投目到窗外，心底有著說不出的懊悔。他僅有的親人……可憐的學妹。他不該讓她去紅十字會，應該守著她，讓她心底的創傷痊癒。而不是讓她去歷經這些痛苦至極的磨難……

到如今，必須使用妖力才能唱出之前的歌聲。而這是她最痛恨的事情。

「……我什麼都不知道……」明峰頰上滾著淚，「我什麼也不知道，沒經歷過戰爭……」

「我願你一生都不要經歷這些。」大師傅蒼涼的笑笑，「我願你永遠生於和平，並且用這樣和平的性情思考。」

他們一起沉默了下來，只有夏夜裡的山嵐，吹響了一波波的樹梢。

後來去探望林殃，她默默的坐在床上，動也不動的凝望著窗外，眼神空洞，額頭還包著紗布。

回眼看到明峰，她淡淡的笑了笑。那是種充滿灰燼感的笑，魂魄帶著殘傷的笑。

但她在笑。

「林殃，妳真的忘記他了嗎？」明峰低低的問。

她慢慢的收回眼光，望著虛空。「沒有什麼事情是真的可以忘記，只能夠設法想不起來。」

林殃是記得的吧。在那一刻，明峰突然明白了什麼。但是明白了有什麼好處呢？他默默坐在林殃的床頭，一起看著窗外無盡的晴空。

＊　＊　＊

大師傅邀明琦一起散步，她雖然訝異，但還是跟著去了。

牧場外有片小樹林，他們在林間散步，陽光透過枝葉，在地上落下無數明亮的光點。

大師傅果然是個天生的老師，他和藹的對待這個小女生，靜靜的聽著他們這一路的追尋。

「妳封著魂魄的黃紙……給我看看好嗎？」

明琦掏出那幾張染著墨暈的黃紙給他看，有些羞赧的。「呃……我沒受過什麼訓練，這是我自己想出來的土法子……」

大師傅接過來，仔細端詳。「相信我，任何受過嚴格訓練的人，也沒幾個可以處理得比妳更好。」

這是個有才華的小孩子。他納罕了。這樣好的資質，卻這樣被忽視，他實在沒辦法裝著沒看見。

「妳想來『夏夜』嗎？」他問。的確，對這小女生來說，來夏夜真的太早。但宋家原是茅山正宗，為什麼不教導她呢？如果他們要忽視她的才華，他就不能置之不理。「並不是要妳留在『夏夜』裡當研究員，只是單純來學習，當個練習生。等妳學夠了，我會消除妳一部分的記憶，讓妳離開『夏夜』，妳覺得怎麼樣？」

明琦瞪著大師傅，感到非常激動。她知道自己是有力量的，但這種力量卻老是被家人忽視打壓，這位大師傅卻這樣肯定她的「力」，不因為她是女孩子有什麼改變。

這讓她非常感動。

「大師傅……真的謝謝，謝謝。」她含著淚，微笑著握著大師傅的手。「我……我要跟堂哥學藝。」

「明峰？」大師傅有點糊塗，「他還沒出師呢……雖然我們都知道……」

他躊躇了一會兒，謹慎的斟字酌句，「呃，他是麒麟的學生。我不是說麒麟不好……但是當麒麟的門徒，最好有點基礎。若是基礎沒扎穩，光靠麒麟那套，呃……」

這個麒麟。大師傅有點氣悶。要跟麒麟這樣使咒，就需要有良好而嚴謹的道學基礎。若是沒這類的基礎，就不能理解麒麟「反璞歸真」的咒。

（其實都是胡來。大師傅在心裡批評著。）

「我知道。」明琦坦白，「當我聽到堂哥用《神眉》的對白和巫妖法師對峙的時候，我就知道了。」

大師傅愣了一下。「那妳想去紅十字會嗎？我可以推薦妳……」

「不，我也不想去。」明琦笑了起來，「我的確很想多懂一些……但我不想懂那麼多。我不像堂哥那麼喜歡讀書，我比較喜歡到處跑。」

她仰望林間陽光，笑容甜得跟蜜一樣。「我對『裡世界』好奇，但也只是好奇而已。我並沒打算到那麼深入的境界……那也不是我的領域。我比較想在人群裡生活，解決普通人沒辦法解決的事情……那是在修道人眼中的小事，卻是普通人的大事。」

她溫柔的看著封著魂魄的黃紙，「我比較想讓這些人平安回家。」

好吧，這些鬼。但對她來說真的沒有什麼差別。

「……那妳想跟明峰學什麼呢？」大師傅笑了起來。

「我還不知道欸。」她笑得非常可愛，「不過跟堂哥旅行，應該非常有趣。」

有趣嗎？或許這樣活潑自在的心，才是修道的根本吧。

他憐愛的摸摸明琦的頭，「那我送妳一個禮物吧。」

大師傅彎下腰，摘下一片草葉。那草葉在他掌心融化，朦朧得像是一團綠霧，然後凝聚成一只碧綠的，纖細的玉環。

他破例送了一樣「禮物」給外人。

「妳不能沒有一點東西防身。」大師傅遞給她，「希望碧綠的力量能夠看顧著妳。」

這個纖細的玉環陪伴她一生。她在這趟旅行之後，沒有考研究所，反而去考學士後警官班，後來又通過裡世界公務員考試，成了一個靈異女警官。

這個不佩槍的女警官，武器卻是一條碧綠的鞭子，唯一的咒語是《神眉》的對白。

當然，這是很久以後的故事了。

七、殘暴之禁

大師傅送他們離開之前，和明峰談起那些閃亮而哀傷的碎片。

他將手上的一個培林瓶交給明峰，讓他大大的訝異。那是相同的碎片，他一眼就看出來了。但大師傅的碎片比他的要大多了，幾乎有個小指頭尖端那麼大。

明峰迷惘的看著大師傅。「……這到底是什麼？」

「這是大妖絕命之際碎裂的魂魄。」大師傅沉吟片刻，「我也是最近才知道的。我們『夏夜』，難免要跟妖魔鬼怪打交道。你知道封天絕地麼？」

明峰點點頭。

「所以人間更沒有神魔管轄。雖然人類趨於理性，大多數妖異不太能造成多少傷害，但總有例外，這些例外就靠夏夜這類的組織來消滅。有些鬧得特別厲害的，就有這種東西。」

他指了指碎片，「本來我不知道這是什麼……但剛好花蓮有個小鎮被妖異攻擊。我們接獲消息的時候，災害已經敉平，但是妖異留下有毒的瘴氣，我親自去調查原因，治療病患，巧遇一個擁有相同碎片的修道者。她知道的也不多……只知道是大妖飛頭蠻身殞時魂魄碎裂的碎片。」

飛頭蠻？明峰想了想，他似乎看過相關的名詞……「我似乎在一卷專錄仙丹配方的古籍裡看到過。」

大師傅露出無奈的苦笑。「對，藥引、配方。跟妖花、肉芝相仿，都是仙丹材料之一。但他們都是活生生、有感情有思想、會說話會哭會笑的眾生。」

明峰愕然，漲紅了臉。大師傅因為際遇，不自然的成了半人半妖。所以他對這樣的眾生有種感同身受的哀憐。

人類是把眾生看成什麼……

「這倒不是人類的錯。」大師傅淡淡的，「這配方是天界流傳下來的。強凌弱，眾凌寡……罷了，我並不是要說這些。我並不知道你要追尋什麼，但這碎片到你手上，也可說是機緣。我答應那位修道者，若得到相同的碎片，一定交給她。」

他躊躇了一會兒，不大明白為什麼要將這碎片交給明峰。碎片本身並沒有罪惡的氣味，就像晶瑩純淨的寶石，本身也並沒有罪孽。但他們散發出類似的魔力，讓血緣複雜的人類沒辦法抗拒。

他研究過這些碎片，卻因為恐懼停止研究。他發現，他會渴望嘗嘗這些碎片的滋味……但他知道這些碎片是強烈的催化劑，能夠讓他更強大，卻也會讓他不可自拔。

這些碎片連普通人都無法抗拒。他很不安，不敢帶在身邊，卻也不敢不帶在身邊。

這孩子……可以避免這種貪婪嗎？他第一次依賴直覺，祈禱這直覺不會引人走入歧途。

「你願意將這些碎片幫我帶去給她嗎？林殃傷得很重，不管是身體還是心靈。我得帶她回去夏夜靜養……」他遲疑了一會兒，「而且我不知道我還能禁受多久的誘惑。」

「誘惑？這些碎片嗎？」明峰奇怪了起來，他端詳這些美麗的碎片，只有一種接近哀傷的感動。沒有邪念、沒有妖魅。這能是什麼誘惑呢？

暗暗的，大師傅鬆了口氣。這孩子似乎不受影響，真的太好了……

「那麻煩你好嗎？」他抄下一個地址和電話，「那位修道者姓祟，祟水曜。」

明峰的臉孔變色了，他好一會兒才接過那張紙條。祟水曜？不願回憶的血腥湧起……他極力想遺忘的血腥。

「怎麼了？」大師傅察覺到他的不對勁，「有什麼為難的地方嗎？」

他望望大師傅，笑了一笑，勇敢的。「沒有，我很樂意跑這一趟。」

如果說，碎片來到我手底是一種機緣，那麼，要去會見崇水曜，可能也是一種沒辦法避免的命運。再說，現在煩惱不是太早嗎？他並不知道崇水曜是不是崇家的人。

要來的就會來，與其逃避，不如迎面解決。

他和大師傅告別，帶著明琦，騎著小五十，噗噗的踏上未知的命運。

「明琦，我看妳還是回家吧。」沉默了很久，明峰轉頭跟明琦說。

「不要。」明琦回答的很乾脆。

「我要去花蓮欸！妳知道有多遠嗎？光曬也曬死妳。」他試圖勸服頑固的堂妹，「再說，我並不知道花蓮有什麼在等著。」

「那又怎麼樣？」明琦瞪著眼，「頂多就是很危險吧。我雖然不擅長卜算，但我的直覺可是很準的……堂哥，你會需要我幫忙的。」

他和明琦零零星星的拌了半天的嘴，最後無奈的放棄。因為明琦恐嚇他，他若不讓她跟，她寧願拿著兩根鐵絲，步行踏遍整個花蓮縣市找他，而且說到做到。

為什麼他身邊的女人都比他還有男子氣概？明峰深深的納悶起來。

但總不能讓她憑那胡攪的三腳貓功夫去面對可能的危險吧？明峰每天投宿的時候，儘可能簡明的教她一點基礎。他不得不承認，堂妹是個好學生，而且對於「裡世界」的學問簡直到了一點就通，舉一反三的地步。

妳念正經書也這麼靈慧，不知道博士念幾個去了。明峰不禁有些悶。

「堂哥，」她跟著堂哥背了幾個應急的咒，不禁好奇，「既然你背得這麼熟，為什麼你對付那個巫妖法師的時候，口誦《神眉》的卡通對白啊？」

明峰的臉一整個羞紅，火辣辣的。他含糊了一會兒，「……哎呀，妳不懂的都是咒啦。」

「你當我沒看過《陰陽師》？」明琦對著明峰翻白眼，「要唬爛也唬個冷僻點的好嗎？」

都是麒麟害的。明峰沒好氣的想。連堂妹都知道是唬爛，而且還唬不過。

被逼不過，他只好拿麒麟那套來搪塞。「眾生有百百款，每種都有相對應的咒。窮其一生，也沒有人可以學完全。但咒的本質卻很單純。所謂咒，不過是發自心苗湧現的字句，要先能感動自己，才能堅強的相信這種力量，讓自己的力量經由字句發出來。所以咒的形式和語言不重要，重要的是『感動』和『共鳴』。在那種心境之下，我湧現的剛好是《神眉》的卡通對白，因為這最能感動我，最符合當時的情形……這樣明白嗎？」

坦白說，我不明白。明峰暗暗的嘆口氣。

但堂妹卻嚴肅的點點頭，「我明白。我想我了解了。」

他狐疑的看著堂妹。妳明白？我自己都不明白了，妳真的懂？

很出他意料之外的，明琦不但了解了麒麟的意思，雖然翻來覆去都是《神眉》那幾句卡通對白，但隨著語氣的變化，或激昂或低沉的對應，她不但足以自保，甚至可以協助明峰打退宛如潮水般的妖異大軍。

對的。自從明峰和明琦踏入屏東境內，每天日落以後，就有前仆後繼的妖異大軍席捲而來。這些妖異大軍是衝著他們來的……妖異大軍也同樣讓明峰借宿的旅社附近不斷發生流血暴力事件，妖異帶著引起紛爭和怨恨的瘴氣，讓明峰和明琦非自願的成為瘟神。

這逼得他們沒辦法投宿，只能野營。

「……老天，這簡直是《烙印勇士》的場景。」明峰好不容易結起堅固的結界，並在火堆裡投下符籙，才能夠喘口氣，爭取一點睡眠的空間。

「《烙印勇士》是哪部電影？」明琦滿眼茫然。

「……是部漫畫。」明峰羞赧的解釋。連她在學的堂妹都不太看漫畫，他卻跟著麒麟一部看過一部。沒辦法，他就是有種書蟲的癖，客廳裡擺著書，管他什麼書，沒看完就會渾身不對勁。

明琦哦了一聲，「我不太看漫畫動畫的。我也只看過《神眉》……」所以她翻來覆去也就只會那段「咒」。

（如果不計較卡通對白的問題的話……）

明峰啞口片刻，「……睡吧，明天還有路要趕。」他鑽進睡袋裡。

了。

「我也累了。」明琦伸伸懶腰，「晚安。」沒多久，她就發出均勻的呼吸聲，睡熟了。

瞪著她無憂無慮的睡顏，明峰有些沒好氣。小姐，妳神經會不會太大條？妳今天看了一夜的妖怪，好不容易殺出一條血路，一點影響也沒有？說睡就睡，妳到底懂不懂「擔心」、「害怕」是啥意思啊？

妳明明不是麒麟的學生，怎麼跟她這麼相像……明峰感到一陣陣的無力，將自己縮在睡袋裡。

翻來覆去睡不著。太奇怪了。他看著結界外嘶吼、低吠的眾多妖異。妖異因為結構的奇特，所以難以指揮。但他們這樣成群結黨，有組織有紀律的前來，像是有共同的大腦。

他們想要什麼？他知道因為血緣互相呼喚，所以他和明琦會吸引很多眾生。但是……這些不是妖族不是魔獸，只是妖異、雜鬼。他們連精怪都不算，只能在陰暗中吞噬彼此和弱小，甚至沒有可以主宰自己的頭腦。

太奇怪了。

他隱隱感到不安，卻沒什麼好辦法。

既然他在屏東境內才發生這樣的圍捕，那也只能提早離開了。他閉上眼，決定先不去想。明天等第一線晨曦出現，他就帶著明琦設法離開。

他閉上眼，而妖異依舊在結界之外低吼嘶鳴，並且低低飲泣。

若有似無的笛聲緩緩揚起，妖異同聲哀鳴。

明峰不知道是不是夢……但他感受到溫柔的香風籠罩，指引他望著月圓處的單薄身影。那是個窈窕的身影，背著光，所以看不清楚容顏，就像是個剪影。

正在吹一只短短的笛。聽到笛聲的妖異哀鳴不已，井然有序的將自己血肉模糊的撞在結界上。堅固的結界因此被撞出裂痕，細微的裂痕……漸漸擴大、擴大。

他猛然驚醒，跳了起來。他用樹枝安插在四方的結界主體已經歪斜，把他嚇出一身冷汗。等安好了四柱，妖異們不斷的撞著，哀鳴著，無形的結界外一灘灘怵目驚心的血肉橫飛。

這是自殺。像是大規模的妖異神風自殺隊。他有些不明白……妖異除了自己的生存之外，根本不受指揮和管轄。是怎樣的力量驅使他們這樣自殺？

明琦也醒了，火光在她眼底濺了幾許金黃，她在囂鬧哀號聲中豎著耳朵，像是在傾聽什麼。

明峰也跟著凝神。在震天的哭嚎中，他聽到細細的、斷斷續續的笛聲，和他在夢中聽到的相彷彿。

香風籠罩，耳垂炙熱。他掩住右眼，只用左眼看出去……穿透煙霧似的妖異，他看到了那抹背著月的身影，甚至看清楚了她的容貌。

那是非常完美精緻的臉孔。那種不似人間的絕美……和蕙娘、英俊有種相似的氣息。

非妖即魅。

「妳能自保嗎？」他低低的問明琦。

她點點頭，「……堂哥，你要幹嘛？」

「我不舒服。」明峰心裡翻湧一種厭惡的憤怒，「這種無謂的殺生……我很不舒服。」

對，不過是群妖異。若這些妖異危害到人類，他不會留情。但這些妖異非自願的來到這裡，非自願的被殺和自殺。他們什麼都沒做，就這樣被迫的前來，大批大批的死掉。

他不舒服到想要吐。

明峰在明琦身邊畫了個圈，塞了一張符籙給她。「保護自己。我去抓……去抓那個始作俑者。」

他拆了結界，潮水似的妖異大軍衝了過來，他卻逆流穿過他們。戴著麒麟的護身符，妖異們的每個觸摸都讓自體火焚起來，尖呼畏縮的退開來。

像是被陽光嚴重灼傷。

但是被短笛驅趕的他們，在短短的退縮後，又湧了上來。

明峰深深吸了口氣，挾帶著香風和怒氣，他怒吼，「滾～～～」

就這樣開出一條大道，讓他穿過千軍萬馬，抓住了那條窈窕的身影。

那女妖驚愕的看著他，幾乎是反射的一抓，卻被他一偏頭躲了過去，反而讓明峰擒住了她的手臂。

明峰卻只是奪走了她的短笛，折成兩半，扔在地上。

失去指揮的妖異大軍，茫然四顧。被光燦的火堆和嚴重明亮的人類弄得有些盲目和跌跌撞撞。但他們快速的逃離，像是退潮般，只留下一地狼狽的血腥和屍塊。

「妳為什麼這麼做？」明峰的怒氣不息，「為什麼?!這種毫無意義的殺生……為什麼？」

她神情呆滯的看了明峰好一會兒，垂首掩面。

這倒讓明峰有些不忍心，他伸手，「……我不是故意罵妳，只是我想知道……」

在他意識到之前，身體已經猛然一縮。幸好他緊急縮身，只讓那女妖抓破了胸口的衣服，造成些許擦傷。不然……可能已經開膛破肚。

明峰大怒，那女妖卻迅速化成一隻大狗模樣的動物，敏捷的逃走了。

他喘息著，胸口有著些微的痛。蹲身撿起折成兩截的短笛，大惑不解。

「明琦，妳覺得這是什麼？」端詳了半天，明峰拿給明琦看。

「斷成兩截的笛子。」她回答，卻碰也不願意碰。

明峰靜默片刻。麒麟常說，他聰明身體笨腦袋。有時候他不得不承認，麒麟說得對。不知道是不是吸收過多的「知識」，所以他反而看不穿一些很簡單的東西。

「妳不想看清楚一點嗎？」他將短笛湊向直覺宛如野生動物的堂妹，她卻滿臉懼意的躲遠一點。

「……那種東西……我不想碰。」天不怕地不怕的明琦，用一種畏怖低聲說著。

明峰仔細看著折斷的短笛。這是一種溫潤的材質，看起來像是玉。雖然斷裂了，還是擁有那種溫潤。但從這短笛吹出來的笛聲雖然悠遠清亮，卻帶著一種陰森。

陰森的憤怒。

很久以前，他似乎也接觸過這種憤怒……發苦的、變質的。被拘禁、失去自由的憤怒……

「列姑射之壺。」他的心沉了下來。

那個有著流浪癖、湧出美好甜水的靈壺。曾經被科學形成的禁咒束縛，發出強烈發苦、甚至可以融化衣物、強酸似的流泉。

這笛子有著相似的溫潤，也有著相似的憤怒。

很不該鹵莽的折斷這只笛子。他心裡大悔。說不定這也是列姑射島的上古遺物，卻被他粗暴的折成兩截。但他實在沒辦法……不毀掉笛子，那個女妖就會繼續吹奏死亡進行曲，讓那些妖異沒有止盡的送死。

「真的沒辦法，對不起。」喃喃的，帶著深深的歉疚。「好啦，我知道那些都是妖異。但是這樣沒有意義的殺生……我想妳也不喜歡吧？妳自由了……想去哪都可以。」不知道列姑射的笛子有沒有流浪癖。

搔了搔頭，他找著有什麼可以修復笛子，最少也可以修復外觀……但他只找到英俊幫他準備的一打藍色小花OK繃。

哎啊……英俊妳都嫁人了，怎麼還是藍色小花OK繃啊……

「沒辦法，不過藍色小花不難看啦。」他安慰著笛子，像她是個活生生的女孩。將斷裂接在一起，貼上藍色小花OK繃，「很適合啦，真的。」

明琦扁眼看著她那自言自語的堂哥，有些無力。你幹嘛對根笛子這麼溫柔……還是根可怕的笛子……

她張大眼睛，嘴巴成了一個O型。那根原本散滿怨怒和陰森的笛子，居然漸漸褪去那層可怖的感覺，幾乎讓人覺得楚楚可憐。她發誓，那根笛子自己掉到沙地上，像是乩童扶乩似的在沙上寫了個字才倒下來。

映著西沉的月亮，沙地上閃閃著很草的一個字，看了很久才知道，那是個「禁」。禁？

跟著堂哥旅行，真是驚異大奇航啊。

「禁？禁……」明峰翻來覆去的念著，眉頭越皺越緊。他溫柔的拿件柔軟的衣服裹住短笛，放進旅行袋中。他不會修理，但麒麟或蕙娘一定會有辦法的。

她到底想跟我說什麼呢？「禁」到底是什麼意思？

*　　*　　*

天一亮，他們繼續前行。但明峰改變了初衷，反而緩慢的在屏東東遊西晃，還帶著明琦去墾丁玩了一趟，租了個帳篷，在露營區野營。

從小一起長大，明琦就算用猜的也知道了七八分。她這個堂哥，不知道該說懦弱還是勇敢。若是他自己被欺負，頂多笑笑就去捧他的書；但是堂兄弟姊妹甚至不相干的人，他都會奮不顧身。

若不是因為他這樣，說不定就不會崇慕他這麼久吧？女生多少都有點英雄崇拜，比起流血流淚的三百肌肉男，容易氣急敗壞的儒雅堂哥反而是種貼近真實的英雄。

有多少男生會為了幾隻不相干的可怕妖異這樣忿忿不平呢？

「我想啊，妳還是回家比較好。」明峰勸著，「真的會有危險啦！」

明琦塞起耳朵，讓明峰氣得發怔。這可惡的堂妹……跟麒麟真像一個模子出來的。他也同樣的拿她沒辦法，更何況，明琦不喝酒，連可以要脅她的手段都沒有。

他們坐在營火旁，胡亂的閒聊。他們紮營在最偏遠的地方，一片荒涼。自從折斷短笛之後，妖異大軍就不再來了。但被監視、窺看的感覺卻沒有褪去過。

他們在等。

「好冷唷……」嬌滴滴的聲音從黑暗中傳出來，「夏天晚上這麼冷。」

「海風大呀。」明峰不動聲色的笑笑，「要過來取暖嗎？」

走出來一個妙齡女子，穿著短短的小可愛，腰肢纖白得像是會反光，短短的熱褲幾乎遮不住屁股。她嬌嬌的笑，挨著明峰坐下來。

她對明琦視而不見，不斷的跟明峰說話。她的眼睛狹長而明媚，仔細看，眼底濺著火光，也似火般灼燙。

明琦的寒毛都豎了起來。「堂哥！」

那女子對明琦望了一眼，她突然無法開口說話，睜大了驚恐的眼睛。

「哪，我們去海邊吧！」她湊在明峰耳邊，吐著氣息，「這麼好的月色，怎可辜負……對嗎？」

明峰溫順的跟她站起來，瞧也沒瞧明琦一眼。

明琦發現自己動彈不得，失去語言和行動能力。望著這兩人漸去的背影，她突然好想哭。

穿過荒涼，他們往遙遠的海灘走去。

「哪，這兒不好嗎？」在月色的朦朧中，她誘惑的撫摸明峰的臉龐……滑到他的頸側，「我等不及了……就這裡，好嗎？」

明峰淡淡的微笑。

女子將臉湊在明峰的頸項，眷戀的摩挲著，「放鬆些……我們會很快樂的……」

「嗯……」明峰也靠近她耳旁，「被拘禁成式神，妳真的記得快樂的滋味嗎？狐狸女郎？」

那女子發愣了幾秒鐘，揚起銳利的爪手抓向明峰。有了上一次的經驗，明峰很快的避開來，隨手炸了發火符給她。

「我想妳也不是甘心的。」明峰規勸著，「我可以幫妳拿去『禁』，讓妳自由。」

「你敢？」她輕輕的嘶聲，繼而怒吼，「你不可以！你不能！」然後撲了過去。

這讓明峰為難起來。他一直在想女妖是什麼種族，和為何襲擊他。直到她再次尋來，他才大膽的假設她是狐妖。因為那種柔媚入骨的天性是其他種族學不來的天魅。

原本他好奇狐妖的動機，但她身上有股熟悉的氣息。就跟蕙娘或英俊相仿，她們都是式神，被束縛的精靈。不同的是，蕙娘和英俊是因為「誓」受束縛，所以氣質溫潤。但這個狐妖卻受蠻橫如鐵鍊的奴役，有著暴力乖戾的氣息。

一切都是推測而已，卻沒想到如此吻合。

這樣一來，他倒很難對狐妖發狠。有罪的是驅使她的人，不是她。但她這樣惡狠狠的攻擊，毫不留情的，讓明峰覺得很棘手。

若不是明琦擺脫了定身尋來，說不定他還試圖說服狐妖。發現莫奈他何的狐妖，轉身衝向腳步有些虛浮的明琦。

該死！

「昔日在芒草飄飄的草原上！」明峰脫口而出。

狐妖想殺死他的女伴好嘲笑他，卻全身一僵，動彈不得。

「想著他的妳啊，披頭散髮。

武器對妳而言，形如虛無。」

她睜眼呆立，感到身心為之所奪。明明知道不該聽下去，但她身不由己。這是……禁咒歌？她從來沒有聽過這種禁咒歌，也從來不知道有這麼強大的威力。

「不，不要！」她尖聲哭了起來，「我不要成為你的奴隸！」

這樣蠻橫的收了她……該是不該？明峰心裡動搖了一下，看到癱軟的坐在地上的明琦。我一定要弄明白這是怎麼回事，對不住了……

「幾次苛責妳，都無法醒悟。

今天就罰妳棲息在這小盒中，

永遠不能出現在現世裡！」

他攤開用廣告紙摺的紙盒，將哀叫著的狐妖收了進去。

「……堂哥，你好厲害。」明琦佩服得五體投地。

他苦笑一聲，頹下肩膀。天知道，他早就默背了另一段「攝妖咒」，準備規規矩矩的將狐妖收了……

但事到臨頭，他又恰如其分、毫無意外的忘得乾乾淨淨。脫口而出的，居然是漫畫《潮與虎》裡頭，收服外堂的禁咒歌。

換句話說，就是漫畫對白。

幸好堂妹不看卡通漫畫，所以不知道當中的機關。

「……只是心苗湧現的字句，沒什麼。」他欲哭無淚，「真的沒什麼。」

或許有什麼的，是他那該死的「心苗」吧……

他們在營地待了三天，收了五隻式神，當然是別人家的式神。山精、水怪、狐妖、魑魅，甚至還有株花魂。

明峰越來越糊塗，每個都是妖媚的女妖，都試圖誘惑他，帶著吃吃的笑和低低的悲泣，在他臨時用廣告紙摺成的小盒子裡，不安的躁動。

讓他更大惑不解的是，這些明顯採補多年的女妖，卻個個氣血虧損，弱不禁風（照妖怪的標準來看），她們當中最厲害的狐妖，起碼有三、四百年的道行，但除了狐媚，幾乎沒有其他法術，只是盲目的使用利爪對抗他。

這樣太奇怪了。

他試圖詢問狐妖，但這隻剛烈的妖怪女郎雖然被他收服，卻拚出命不要的抗拒他，即使明峰使用禁咒歌命令，她寧可尖叫著在地上滾來滾去，死活都不肯開口，這反而讓明峰不知道怎麼辦，只好將她收進盒子裡。

其他的妖怪女郎有的哭，有的笑，根本沒人想好好正經回答他的問題，只是不斷試著爬到他身上，讓他狼狽的趕緊將她們收起來。

我最不會對付女人了。明峰哀怨的想。

等他叫出最後的花魂，其實根本不抱著希望。

植物系的妖怪經過天精地華和某些機緣，凝聚精氣，可為花精。但若精氣散了，元氣大傷，就化為花魂，或說是花鬼。這株花魂就是精氣幾乎散了形的花精。據推測，道行可能不滿百年，是個很年輕、嬌怯怯的妖怪。她並非來迷惑明峰，而是在魑魅迷惑明峰時，想把斷裂的短笛偷走，卻被明琦在沙地上畫了個圈，逮個正著。

一叫出來，她惶恐的環顧四周，看到明峰，流著淚跪下，「不、不要打我……求求你主人，別打我……別從我身上奪走精氣了……我會死，我真的會死……我、我會努力去找男人……」她身體不斷顫抖，泣不成聲，「我不會再心軟了，求求你不要……」

抓著衣服前襟，恐懼的顫抖。

明峰發著愣，不懂她為什麼這樣害怕。奪走？奪走什麼？他伸出手，想安撫恐懼的花魂，她卻尖叫起來，「不不不，主人求求你，不要碰我，別碰我……」

她叫得這麼淒厲、驚恐，活像我要強暴她似的……

明峰沒好氣的說，「妳以為我……」他頓住，一股強烈的難堪和憤怒突然湧上來。

「……妳們原本的主人，是個男人吧？」

哭泣的花魂抬頭望他，眼神困惑。「當然。女人要我們做什麼？」

明峰的臉孔漲得通紅。

他原以為，這不過是神話，是捏造出來的謊言。他在大圖書館看過破舊的古書，只覺得像是三流情色小說，絕對不可能是真實的，還暗暗笑過外國人什麼都不懂，連這種色情小說都慎重其事的收到大圖書館，滿當一回事的收藏。

古中國道門數百種，「房中術」曾經盛極一時，有無數分支。那本破舊的古書就是細錄種種「房中術」的法門，當中提過所謂「攝妖採補」。

將女妖收攝為己用，夜放女妖「搜索純陽」，日收女妖交媾「採取純陽」，可常保童顏，「歲與天齊」。

幾句簡單的話，寫盡無數自私、邪穢、無恥而冷酷的罪行。

所以這些女妖氣血虧損，形銷骨立，甚至被折磨得幾乎情感也隨之損傷，連與生俱來的法術也施展不了；所以花精成了花鬼，很可能還會被強奪到死。

撇開人類的道德觀念來說，對這些女妖的種種酷行，難道不也是一種強暴？

花魂看著他臉孔陰晴不定，越來越發青，極為盛怒，嚇得縮成一團。她在殘酷的人類主人手底受盡折磨，但她心腸軟弱無用，常常因為一時憐憫，偷偷私放主人相中的陽男，因此受到幾乎魂飛魄散的慘酷搾取。

她害怕、嗚咽，只能顫抖的抱住明峰的腿，「……饒我一命，主人……我不敢了，我再不敢了……你要我採補誰就採補誰，我不會再偷偷放走他們了……求求你、求求你……」

明峰動了一下，他俯身抱住花魂，她嚇得尖叫，這個新主人，卻伏在她肩膀，放聲大哭。

哭？主人……你、你為什麼哭？

說不定新主人只是在想要怎麼奇怪的折磨她……花魂模模糊糊的想著。她還記得舊主人的殘忍。舊主人會笑笑的、殘忍的折磨她們，連一點點精氣也不留給她們維生，死在舊主人床上的女妖數也數不盡。

她常絕望的想，或許她就會是下一個。

他……新主人，在想怎麼殺她嗎？但新主人卻只是不斷的哭，一遍一遍悲痛的撫摸她的頭髮。

害得她……害得她也好想哭。害得她、害得她也好想信賴這個新主人，放心在他懷裡痛哭。

啜泣著，她攀住了明峰，心碎的、痛苦的，低低哭泣著。

明琦不斷追問，明峰紅著眼眶，卻不知道怎麼解釋給她聽。哭得幾乎斷氣的花魂伏在他膝上，筋疲力盡的睡去。明峰心底塞滿了強烈的憤怒和愧疚，對於人類、對於男性。

他第一次深深的厭惡自己的身分。

明琦轉了轉眼珠，組織了一下花魂顛三倒四的對話，「堂哥啊，是不是有壞人把這些妖怪當性奴隸啊？」

他臉孔立刻漲成豬肝色，結結巴巴的咆哮，「妳、妳一個小女孩子，不不不乾不淨的胡說什麼?!」

「哎唷，誰生活在無菌室啊？」明琦沉下臉，「這世界上當然有壞人有好人，哪有每個都是天使的？我都幾歲了，當然會看社會版啊！」

明峰說不出話來，他靜了靜，儘可能的解釋給明琦聽。（當然去掉許多細節）

她默默的聽著，「可憐。她們大約以為剛出虎口，又入火坑。再不然就是她們的舊主人很厲害，她們怎麼樣都逃不了吧。」

「她們現在是我的式神。」明峰陰霾的說，「誰想傷害她們，除非從我屍身上踏過去。」

剛睡醒的花魂聽到這句，心頭緊縮了一下。

不不，我不能相信他。人類都是會騙人的……她不能相信。但她很想相信、很想相信。

「……主人，帶我們逃走吧。」她突然出聲，讓明峰和明琦都嚇了一大跳。

「他……他被禁在這裡，沒辦法離開。我們只要逃出他的領域，就可以平安了。他沒辦法對我們怎麼樣的！只要我們逃走……」

「那麼，妳們為什麼不逃呢？」明峰憐憫的問。

花魂呆了一下，漸漸慘然，卻笑了起來。「我們就算逃到天涯海角，還是會被他追回去。」

「即使被我收了？」

花魂垂下頭，「……對。等到沒有月亮的晚上……曾經有個姊妹想逃離他，故意輸給一個和尚，讓他封住。但是等到朔月的時候，他還是把姊妹抓回來……」她顫抖，沒再說下去。

「那時間就很緊急了。」明峰站起來，「我們大約只剩下十幾天。」

「不！」花魂抱著他手臂焦急的搖晃，「不要！主人你打不過他的！他已經不是人類了……他是神！他是神明啊！」

她越說越急，「逃吧，我們逃吧！最少在被他抓回去前的十幾天，我們還是自由的！拜託……我們逃吧！」她低喊，「沒必要你們也跟著死啊！他要你們的東西，不會讓你們活的！」

「他到底要什麼？」

花魂抖了一會兒。脫離舊主人的「禁」，她的神智漸漸清明，不再被「畏死」的恐懼牢牢抓住。這種日子、這種日子……活著跟死掉有什麼兩樣？

「魂魄。」她仰首，「千年大妖的魂魄。」

八、貪婪之螳

花魂知道的並不多，翻來覆去就這些。其他被收的女妖都不願意合作，裝聾作啞。

被明峰問煩了，狐妖惡狠狠的回答，「你讓我們好過點行不行？你找死是你家的事情，死就死了，無知無覺。我們要捱的痛苦還無窮無盡，你一個短命凡人懂什麼？」

明峰忖度了一會兒，又有些難受，反而不好去逼問。

想來這些女妖都畏懼「主人」威勢，認為明峰必定會被殺，她們一定會被抓回去凌虐。若幫了明峰，恐怕就會淒慘無比。

默默的翻出手機，發現太久沒充電早就沒有訊息。他老忘了要充電。

他帶著明琦、裝著式神的盒子，拖拖拉拉的走到公共電話那兒。

「喂？蕙娘？」他撥了蕙娘的手機，「麒麟在嗎？」

好一會兒，麒麟才帶著濃濃的睡意接起電話，「嗨，徒兒。」像是他從來沒有遠行過。

這一刻，明峰突然很激動，激動得眼眶幾乎湧出淚水。他自己也有點莫名其妙。

「……麒麟。」這時候，他突然很想家，很想回去有麒麟和蕙娘的家裡，「我遇到很多奇怪的事情……不過先不提那些。眼前有件事情我不知道該不該自己去辦，我怕我能力不夠。」

「噗。」麒麟笑出來，「我想這小島的事兒你沒一件辦不了。好吧，你本來就沒自覺，這也沒什麼。但你連紅十字會的巫妖法師都打得贏，還怕什麼小雜毛？」

阿勒，她怎麼會知道？該不會是大師傅打電話給她？

「……拘著五個女妖當式神的人呢？他的女妖說，他已經不是人類，是神明了。」

「從頭到尾說給我聽。」麒麟很乾脆，「等等。蕙娘，先幫我拿冰箱裡的葡萄酒，我還要一些冰塊唷。」

「……妳還喝啊?!」明峰的青筋冒出來，「妳到底有沒有去醫院檢查看看？妳的肝……」

「重點不是我的肝。」麒麟漫應著，「能夠拘住五個女妖的法師相當不簡單呢，問題可不是一般的嚴重。」

麒麟說嚴重？明峰額上的汗水滲了出來，「是啊，我也不知道我能不能辦。事情是這樣的……」

麒麟一面喝著冰涼涼的葡萄酒，一面想。雖然大師傅對她的小徒讚不絕口，她這小徒就算成長這麼多，還是很好唬弄的。

轉移他的注意力就行了。

但她還是認真聽完了。唔，的確有些兒奇怪。

「你在哪？」

「恆春。」

「你怎麼會跑去那邊？」麒麟皺眉，「那兒是古戰場遺跡。」

「古戰場？牡丹社事件嗎？」明峰有些糊塗了。這跟日方和原住民的衝突有關係？

「呃，不是。還更有歷史一點兒。三、五萬年應該是有的，我也不清楚多古。」

「……」為什麼他跟麒麟說話，總有那種超現實的感覺？

「墾丁在那兒，人氣旺，鎮得住。哪天那兒沒那麼多人了，可就……」她沒繼續說下去，「你還帶著我給的護身符麼？」

「帶著呀。」

「那你就去會會那個『神明』好了。」麒麟打了個酒嗝，「我麒麟的弟子，還怕一方小小土霸？傳出去笑死人。不知道是哪隻修道人修岔了路，把自己捧成神了，你也信？除非是……不過不可能。就這點小事吵醒我？你像個男人好不好？」

麒麟摔了電話。

蕙娘不大放心的問，「明峰還好嗎？他到屏東去了？應龍的精魂不是鎮在那兒嗎？」

麒麟把剩下的葡萄酒喝完，「安啦，應龍精魂埋得很深，我們去看過不是？束縛應龍的咒連我都解不了，除了當初斬殺他的帝嚳親自前來，誰又有那種本事？」

她搖搖頭，「可以解，我也想解。當初帝嚳為代天帝，應龍可是他麾下第一猛將。結果哩？飛鳥盡，走狗烹。應龍不知道犯了什麼不是，讓他用鎮魂這種鳥理由宰了，還拘了元神精魄深埋在島末。關這麼久，也該放他安息吧……」

麒麟聲音越來越小，越來越悶悶不樂。她懶懶的站起來，自言自語著，「誰又是救世主呢？誰又能管遍天下事？神者無明……罷了，罷了……」爬回房間去睡。

蕙娘同情的看著她蕭索的背影。或許麒麟死活不肯成仙，和她這種剛直的個性有重大關係吧。

被麒麟摔了電話，明峰耳朵嗡嗡叫了好一會兒，不死心的喂喂兩聲，才頹然的掛上話筒。

麒麟真是……他會啥？他什麼也不會，臨陣老把咒忘個精光。之所以可以平安的熬過一次次的凶險，都是因為別人的力量，或者是別人借給他的力量。

這就是你的力量。香風乍起，耳垂微微發熱。

羅紗。哪怕是已經魂飛魄散，卻把她的思念留在他身邊。

「堂哥？你不要哭呀。」明琦抱著他的胳臂，「問題很嚴重麼？你師父不幫你，那我們就一起想辦法……一定有辦法的。」

「我哪有哭啊？」明峰沒好氣的回答。「妳能幫什麼忙？別礙手礙腳就好了。」

「誰說我只會礙手礙腳!?」明琦憤慨的把兩根彎成九十度的鐵絲翻出來，「這群死妖怪不告訴我們那個主人在哪？我可是人間第一、天上無雙的追蹤人！什麼屍體可以逃過我的探水棒？」

……我們要找的不是屍體吧？而且這種事情有什麼好驕傲的？

但明琦一本正經的拿著探水棒，念念有詞的走了一圈，然後很有信心的往前走去。

接下來的兩天，明峰真的不想再去記憶。光是俏麗的堂妹滿臉嚴肅的拿著兩根鐵絲走來走去，就已經夠引人注目了，過往行人都用一種恐怖、惋惜的神情注視堂妹片刻，然後匆匆的逃遠些指指點點。

更可怕的是，這兩天明琦可能真的生氣了，火力全開，結果就是……無數屍體大發掘。

兩天而已，起碼發現了三十具以上的屍體。從驚動考古界的上古墓塚，到葬滿小貓小狗的公園，從枯骨到面目如生……真是琳琅滿目，眼花撩亂。

糟糕的是，當中還有五具被堂妹說成「新鮮鮪魚」的人類屍體，期限從三天到半年都有。

「黃紙都不夠用了。」收魂收到手痠的明琦抱怨著。

「……到底筆錄還要做多久啊?!」被警察盤問到煩的明峰發火了。

「人家也是出來討生活的，這是必要的程序呢。」明琦嘆口氣，很熟門熟路的跟警察先生借了電話，撥到她打工的總局去。

沒多久，他們被釋放了。但是警察如臨大敵的跟他們要了電話號碼，並且要他們手機保持暢通。

明峰很悶的將手機充滿了電，然後就是無數的疲勞轟炸。三個警察局、兩個考古系輪番上陣，每隔一、兩個小時就撥來問東問西。

「……我不知道！我怎麼會知道？為什麼會發現？你問我堂妹好了，人又不是我殺的！」他脾氣惡劣的將手機扔給明琦處理。

「妳為什麼不把妳的手機給他們?!」明峰大叫。

「以前我就是把手機號碼給他們，現在我學乖了。」明琦很嚴肅，「我也是要睡覺的。」

「……妳那個他媽的天賦到底有什麼用處啊?!」

讓明峰真正抓狂的倒不是這些電話。這些電話起碼都是活生生的人打來的。一入夜，他們找旅館投宿，明琦只要睡著，就會開始說夢話。

那五個新鮮的死人把她當包公開始審烏盆冤了！這還給不給人睡覺啊!?

臉孔鐵青的明峰到處找黃紙，發現被明琦用光了。他隨便撕了一張電話簿內頁，用簽字筆畫了一個卻鬼符，一傢伙貼在明琦的額頭上，這才讓她的夢話停止。

結果五個小盒子裡的女妖一起吃吃的笑了起來。

媽的，我上輩子到底做了什麼壞事，為什麼這輩子讓女人這樣折磨……

「我要睡覺！」他哀鳴了，「聲音放小一點好嗎？」

他含淚睡去，夢中似乎還聽到女妖吃吃的笑聲。

天亮的時候，明琦迷迷糊糊的起床，只覺得房間昏暗。跌跌撞撞的走到洗手間，抬頭望向鏡子……

她發出來的尖叫，不但讓睡夢中的明峰彈了起來，沒多久連櫃台都過來拚命敲門，以為出了人命。

明峰又是打躬又是作揖，保證不過是隻蟑螂，又拉花容失色的明琦讓他看看，這才算平息了這場騷動。

「妳鬼叫什麼？」還沒完全睡醒的明峰吼著。

「你幹嘛在我額頭貼符？」明琦哭了，「我以為鏡子裡出現殭尸。」

……妳天天收鬼，日日見屍，還怕什麼殭尸啊?!

「那是有心理準備！」明琦啜泣，「猛一看我也會嚇到啊！」

明峰瞪著她，連要罵人都沒了力氣。

繞到第三天，明琦帶著明峰走到恆春最南邊。她全身一僵，「……大的。」

「長毛象還是犀牛的化石？」明峰不太提得起勁，「不然就是抹香鯨的骨頭？」

昨天還是前天，甚至挖出有個臉盆大的鸚鵡螺化石，那時她也說是「大的」。

「這這個、不一樣。」她結結巴巴，兩腿發軟，「很很很很大……」

明峰正想笑她，發現行李袋裡頭的女妖一起劇烈的騷動起來。

他極目而望。這是片遼闊的荒野。因為海風吹拂，所以植物都低矮焦黃。似乎沒有什麼異樣……

只有一棟普通的建築物矗立在荒野的懸崖上，懸崖下，就是滾滾滔滔的海。很普通的水泥建築物，上下兩層。屋頂還有著大鐵桶似的水塔，圍著一圈枯死的樹籬，一個黑鐵鐵門鑲嵌在樹籬上，半掩著。跟南部常見的那種雙層農舍沒什麼不同。

他狐疑的看看臉色慘白的堂妹，背包傳來騷鬧的震動。明琦找屍體是專門的……難道這些女妖的舊主人，是具巨大的屍體？

自己也覺得這推論好笑，明峰笑出聲音。

「到底在哪啊？」明峰問。

明琦滿頭大汗的握著跳動不已的鐵絲。這兩根普通的鐵絲變得這麼燙、燙得幾乎拿不住。不但大大的張開，而且幾乎逆平行。她越往前走，鐵絲越燙、抖動得越厲害，等她走到屋子前面，啪，兩個鐵絲同時斷裂，從她手上飛出去，插在沙地上。

「……妳可以報名去電視台表演這一手了。」明峰睜大眼睛，「我們從小一起長大，今天我才知道妳有超能力欸！」

明琦哭笑不得，抖著唇好一會兒，才喊出來，「笨蛋！」我怎麼可能把鐵絲弄成這樣？難道你沒有感覺、沒有感到讓人深深戰慄的恐怖？

但明峰的確一無所覺。他施施然往前，在明琦警告他之前，打開了那屋子籬笆的前門。

「堂哥！」明琦大叫，稍微有點靈感的人都知道那個門充滿陰險的氣息，是碰不得的吧？

「啥？」他轉過頭，疑惑著。

然而，什麼事情都沒有發生。明琦開始懷疑自己的第六感。

事實上，明琦的感覺是對的。這棟外表普通的建築物，纏繞遍了險惡的咒文。而這些看不到的咒文，還參雜著強烈陰暗的神威。人類畏神由來已久，任何正常人在兩百公尺外就會想要轉身逃走。

不知道該說明峰神經太大條（說不定這也是種強而有力的天賦），還是他早就習慣魔界至尊的魔威，居然一無所覺的打開了門，破除了完整的「咒環」。

當然，他們堂兄妹什麼都不知道。空有靈感沒有相關知識的明琦，小心翼翼的跟在空有知識沒有常識的明峰後面，循著慘白的甬道，走進那棟看似普通的雙層建築。

要進屋子，明峰神經再大條，也謹慎的拿出火符。他一生修道，用得最好的居然是兒時老爸交給他護身用的火符，這不能不說是種悲劇。

門呀然開了，意外的沒有上鎖。他和明琦小心翼翼的走進去，卻沒有埋伏、陷阱，甚至那種險惡的感覺都消失了。

裡面比想像中大，或許是沒有隔間的關係。空蕩蕩的一間樓，牆角還有水泥、磚塊，像是還在施工中。但地板已經積起一層厚厚的灰，一步一腳印。

明峰有些摸不著頭緒，又上了二樓，還是沒有隔間的空曠，沒有裝潢，牆壁也只是抹了一層水泥，而且沒有抹全，有些地方還看得到紅磚。

這是棟空屋，而且是剛蓋好，內部還沒完全施工完成的空屋。

他們兩人對望一眼，眼中有著相同的迷惑。明琦踱過來踱過去，搔了搔頭。她這天賦雖然沒啥用處，但忠實的沒有出過錯誤。她知道有什麼在附近，但她找不到。

她納悶往牆上一靠……磚牆鬆動，讓她驚跳起來。

「這破房子是不是要垮了？」明峰趕緊拉住她，「哇勒，我是聽說過海沙屋，但沒想到這麼不牢靠啊……」

海沙?!明琦像是抓到什麼，她伸手貼在牆壁上……然後全身的汗毛都豎了起來。

「『他』很大。」她滿臉驚恐，「這海邊的沙都是『他』遺體的一部分。」她目眩、頭暈。看到一條非常非常大的龍，大得幾乎可以擺滿一個村莊的龍，被斬去首級，殷紅的血流在沙灘上，沙灘因此變黑。

被棄屍在這裡的龍，風吹日曬，腐爛、乾枯，不知道過了多久的時間，終於化為海沙。黑心建商取了這海邊的沙蓋了這棟建築物，卻將龍的怨怒也凝聚在這裡。

她朝著地板看，最後跪倒，幾乎趴在地板上。她沒辦法抗拒，驚恐的看著自己的意識被吸進去，吸進地基底下那團黑暗……

「明琦！妳怎麼了？不會中暑了吧？」明峰將她半拖半抱起來，「喂喂，明琦！」

明峰碰到她纖細的手環，讓她突然將自己的意識收了回來，還因為用力過猛，差點用後腦勺碰到地板。

「明琦，明琦！我們從小一起長大，我怎麼不知道妳會發羊癲瘋？」明峰慌慌張張的把手指塞進明琦嘴裡，「別咬斷我的手指！這手我還要用啊～」

虛軟無力的明琦瞪了她的堂哥一眼。為什麼，為什麼？宋家道術傳人為什麼這樣麻瓜？感受力會不會太差勁？

她真氣得想咬掉堂哥的手指。

用最後的力氣推開堂哥的手，「你、你不要把手指伸進我喉嚨，我會、會想吐……」

手環冰樣沁涼，讓她的意識清楚很多。「下面。在下面。」

「不！」收在小盒子的花魂哭喊，「不要！主人，求求你，別去尋他，一切都還來得及……他動不得，現在他動彈不得……」

真的在下面？他望望像是大病一場的明琦，「妳在這兒休息，我去看看。」

結果明琦從後腰抱住他，讓他差點用臉擦地板。「……妳幹嘛?!」

「我、我也要去。」她可憐兮兮的說，「一個人在這裡我會怕……」

接著是冗長的爭辯，本來哭哭啼啼的花魂都靜了下來，在毫無意義的爭辯和低層次如幼稚園般的爭吵聲中，打了好幾次的呵欠。

「好啦。算我怕妳好不好？」明峰無奈的扶起明琦，背著大包行李，拖著怕得僵硬的堂妹，舉步維艱的尋找地下室入口。

最後在應該是廚房的地方，找到一個平蓋在地板上的活板門。

打開以後，傳來海水般的腥羶。在打開的那一刻，所有的女妖一起發出驚人的慘叫，差點讓明峰用滾的滾下階梯。

半滑半跌的下了階梯，明琦重重的撞到他的後背，兩個人默默的蹲在地上，一個摀著天靈蓋、一個摀著鼻子。

（雖然也差不多……）

意外的，這個地下室卻有著明亮的光源。忍著痛站起來的明峰注視著光源，意外的發現，那是秦皇陵見過的夜明珠。大約有十幾個懸著，一室輝煌。

非常大的地下室，目測大約有四十幾坪。因為沒有隔間，顯得更為廣大。一行行的貨架擺著一罐罐的標本（？），從細小如蜂到一整個成人，井然有序的排列，泡在透明的液體中。

另一側，是張很大的床，床旁放著一個金屬籠子。那金屬籠子幾乎有一公尺高，像是西洋家庭豢養金絲雀那種鐵絲籠子，成半紡錘形，精緻美麗。

床上有人躺著，一動也不動。他們發出這麼大的聲音，他卻連眼皮都沒有抬。說不清是年輕還是衰老……明峰大著膽子上前看。那人留著雪白的鬍子、雪白的長眉，但臉孔卻光滑細緻如嬰兒。要努力觀察，才可以看到他許久許久呼吸一次。

龜息。明峰警覺起來。這招他看麒麟「表演」過。

籠子傳來一陣呻吟，讓他和明琦嚇得幾乎跳起來。蒼白著臉回望，看到一個乾縮、黝黑、骯髒的「小孩子」。

因為他實在太黑了，幾乎讓他陷入陰暗中。

定睛一看，才發現那是個很老很老，老得幾乎像木乃伊的小老頭，睜著濁黃的眼，沙啞著向明蜂招手。

明峰大著膽子走近一點，老頭細瘦的手臂不可思議的穿出狹小的籠隙，一把抓向明峰的胸口，他的指甲骯髒，卻鋒利異常，劃破了胸前的衣服，讓他裝著碎片的水晶瓶子露了出來。

「飛、飛頭蠻……」他吃力的、沙啞的小聲尖叫，「我要、要那個……飛、飛頭蠻……」

明琦嚇得往樓梯上跑，發現活板門像是被銲住了一樣，動也不動。

「堂、堂哥……」她面無人色的跑回來，「門、門……」

明峰卻沒有懼色。小小一個地下室，比起秦皇陵如何？他倒是很平靜。而且麒麟跟他掛保證，沒有什麼危險的。

但他忘記一件事情。

麒麟什麼都很厲害，但只有卜算，非常不擅長。之所以會演變到差點沒命……都是因為她鐵口卻無法直斷的緣故。

明峰機警的看著瘋瘋癲癲的乾枯老頭，他哭嚎了一陣子，聲音沙啞細弱。將自己縮成小小的一團，前後晃著，眼神整個渙散開來，喃喃的幾乎沒有聲音，只見他嘴唇一開一闔。

一個心靈殘毀的瘋老頭。

他說不出是什麼滋味。發現自己的厭惡油然而生，反而吃了一驚。真奇怪，他見過魔界異常者、見過吸血族、也讓巫妖法師威脅過生命。他或許會憤怒、恐懼，因為污穢的罪行而嘔吐，但他從來沒有生出這種厭惡的情感。

難道是因為他又髒又臭又瘋癲？他隱隱覺得不對，卻不知道什麼地方不對。

「……我從來沒有這樣莫名其妙討厭過人呀……明琦，」他轉頭，嚇了一大跳。明琦臉孔慘白，形容憔悴的像是要枯萎。眼神渙散的令人心驚，像是那個瘋老頭的瘋狂如病毒般，在很短的時間感染到他的堂妹。

「明琦！」他用力搖搖堂妹的肩膀，「怎麼了？妳不舒服?!」

明琦宛如從惡夢中驚醒，哇的一聲哭了出來，依在明峰的懷裡啜泣，「可、可怕……好可怕……好黑，好怕……」

聽她哭出來，明峰鬆了口氣。「拜託，天天在摸屍骨的人，還怕個鬼？妳中猴喔？」

明琦抽噎著，狠狠地瞪了他一眼，卻氣苦的說不出話來。這裡有種陰沉的氣氛會使任何正常人瘋狂，一波波宛如海嘯般侵蝕人的理智和希望。每分每秒，她的理性就會被剝奪一些掉，讓她陷入虛弱、無力，絕望而恐懼，動彈不得的地步。

但她的堂哥不但毫無影響，還嘲笑她是否中猴。

「……我們家怎麼會有你這種麻瓜?!」她氣得發抖，卻緊緊纂住明峰的袖子不敢動。

「麻瓜？什麼麻瓜……」明峰轉思一想，臉沉了下來，「妳《哈利波特》看太多喔？」

他站起來想察看四周，卻被明琦死死的抱住胳臂，只好沒好氣的拖著僵硬的堂妹，走到書桌前。

除了那些詭異的「標本」、床和鳥籠，這地下室就還有張書桌，凌亂的擺了幾本書。看到書，他不由自主的坐了下來。

他這個書蟲的癖大概沒救了。明峰其實也滿悶的。性命交關，一個關在鳥籠的瘋老頭虎視眈眈，還有個鶴髮童顏的怪人在大床上表演龜息，那傢伙還是奴役女妖採真陽的妖道。

但他居然坐在書桌前，身不由己的打開書來看。

其實這不是書，而是「筆記」或「手記」。他不禁有些驚豔，居然是非常優美的散文隨筆（當然是古文），詞藻端美、文字簡潔，雖然內容血腥殘酷，卻帶著一股冷然的優雅。

不敢和他離太遠的明琦硬擠在寬大的太師椅跟他一起看，看沒幾頁，就呵欠連天，「什麼之乎者也兮不兮的，他到底說什麼啊？」

叫妳讀書不讀書，這麼淺白的古文也看不懂。明峰有些鄙夷的看著堂妹，「這也只比《曹劌論戰》深一點點。」

「什麼論戰？」

「妳《古文觀止》沒讀過啊?!」明峰有點發怒了。

明琦聽到《古文觀止》四個字，馬上把耳朵堵起來。

你看看，你看看！國教還有什麼救啊?!教改是改到哪裡去了?!天哪……

「你翻譯給我聽就好，什麼《古文觀止》，我不要聽我不要聽！」

明峰跟遇到麒麟一樣束手無策，只好一面看一面翻譯給明琦聽。

簡單說，這是妖道懷虛子的「日記」。（或說雜記）

他是六朝時代的名士，機緣遇仙，但仙家雖收他為徒，卻告訴他他沒有修仙的資質，想要長生不老，除非逆天而行、甘冒巨罪，泯滅良知，並且得拋棄自己的名字。

懷虛子接受了，仙家傳了他《房中術別冊》一書，還教他如何「御邪」、「迷魅」，和一些幻術妖法。

他就這樣活下來，帶著蒼白的髮鬚，和稚嫩的孩兒臉。一開始，他親力親為，自稱「五通神」，在江南一代縱橫，迷魅婦女。但他畢竟沒有修仙的資質，在那年代，還有不少修道人行走，許多沒有修道的人也還有若干自悟的異能。

他殺害了太多婦女，自然有人要剷除他。重傷之下他使出幻術脫身，從此隱姓埋名，模仿修道人的作為，給自己取了個「懷虛子」的道號，到處收妖。

但是，他殺死男妖，卻留下女妖活命。日裡收妖，夜裡縱妖。害怕被其他有德者消滅，他很謹慎的讓女妖去收索真陽，卻不會害死凡人——起碼不會馬上死。至於被奴役的女妖會不會被他吸乾，會不會死，他是毫不關心的。

當然，也沒有人關心。因為她們是妖，死再多也不會有人多看一眼。

他就這樣活著，默默的。只關心自己的長生不老，漠然的走過許多歲月，冷眼看過許多戰禍。直到幾年前……

他旅行到戈壁，卻感應到他仙家師父的「氣」。隔閡了這麼長久的時光，他居然又感應到了師父。

師父，我照你的吩咐修煉這麼長久的時光，你總可以來渡我了吧？我總可以成仙了吧？

他急急的趕去，但戈壁沙漠真的太大了，他趕了好幾天才到。在黃沙滾滾中，他看到了不可能存在的綠洲，各式各樣的花朵怒放，芳香得令人窒息。

極盛。卻也即將凋零、枯黃的綠洲。

師父走了。但卻發現了一個瘋狂、乾枯，像是靈魂徹底破碎的老頭兒。因為那個瘋老頭沒辦法說話，所以他直接「探問」了老頭兒的記憶。

也因此，發現了應龍精魂。

筆記只到這裡為止。明峰有些迷惘的看著書桌上堆積如山的筆記。

在書桌上的是最近幾年的份，其他的部分，是從一個破舊的皮囊掏出來的。那皮囊很輕，很舊，似乎要龜裂開來。他看完這幾年的份，有些不甘心，那皮囊就擱在書桌上，他忍不住去掏，一面喃喃著，「還有沒有啊……」

然後一本、又一本，再一本，直到堆滿整張桌子。

「……這是小叮噹的四度空間袋啊？」明琦傻眼了。

明峰搔了搔頭，悶不吭聲的把書都掃進皮囊。他其實應該覺得訝異才對……但是你跟麒麟住久了，這種事情也還好……

想想那個可以裝進大冰箱、大電視機、大書櫃……一整個家當的計程車行李廂，裝個幾十本破書的破皮囊算什麼？

「這還不夠小叮噹，真的。」他嚴肅的跟明琦說，「相信我，這不過是《聊齋》的程度，真正的小叮噹四度空間袋……妳還沒有見識過。」

明峰疲勞的長嘆一聲。

九、災殃之雀

這個用夜明珠照明的地下室，卻籠著絕望而慘白的黑暗，沒有寒暑、沒有日夜，連時間都停止了。

明琦望了望手錶，心底一陣揪緊。他們進來的時候，是上午九點零八分，都看完了大堆的手記，時間還是上午九點零八分。他們一進入地下室，她的電子錶就停住了。

森冷的恐懼抓住她，「……堂哥，我的錶停了。」

「我的也停了啊！」明峰還在消化那大堆筆記，漫不經心的回答，「現在大約快到凌晨時分了。」

明琦愣愣的看著她堂哥，「……你怎麼知道？」

「時間感啊。」明峰奇怪的看她一眼，「妳沒有嗎？」

……在這種光陰凝固如墓穴的地下室，怎麼會有時間感？

「月亮啊。」明峰指了指天花板，「看不到也該感覺得到嘛。今天月色一定很好。

妳餓了嗎？中餐和晚餐都沒吃，妳一定餓壞了。」

他掏出七七乳加巧克力，塞到她手裡，「先吃這個擋一擋。等出去請妳吃大餐。」

……你怎麼會有這個？不過明琦溫順的拿過來，咬了一口。甜蜜的味道充塞，她突然覺得不再那麼絕望。

「我們……會出得去吧？」她低低的問。

「當然……」明峰回答到一半，鳥籠裡傳出陰森森的聲音。

「當然……出不去。」瘋老頭蹲在陰暗中，「沒人出得去的。除了我以外，沒有人見過應龍還出得去。」

不知道為什麼，他顯得沒有那麼瘋，眼神的焦距也凝聚起來。「把飛頭蠻的魂給我。」如枯枝般的手臂伸出籠外，「把那個給我……我就可以恢復……最少恢復一部分。我可以帶你們出去。」

魂？明峰低頭看了看水晶瓶，謹慎的塞進口袋。「不行，這不是你的，更不是我的。」

瘋老頭發抖，不知道是害怕還是憤怒。「……蠢貨！你知道懷虛子是怎麼『問』

我的？你看、你看！」他低下頭，讓明峰看他的頭頂。他幾乎沒有頭髮的頭頂有著蒼白的五個洞，可以看到裡頭的腦漿，「他就是這麼問！就這麼問！把指頭插到你頭裡『問』！你想被他這樣問嗎？你想嗎?!你想你的一切知識都被他挖空嗎?!」

瘋老頭聲嘶力竭，「他正在抵抗應龍的附身！不管成不成功，我們都活不了！給我！把殷曼的魂給我！我不想死我不想死！他抵抗應龍成功，我們生不如死；若應龍再次附了他的身，我們會痛不欲生！快給我！」他拚命搖動籠子，眼睛暴突出來，「快給我！」

明峰護著明琦往後幾步，正想開口，卻僵住了。

很冷。非常非常的冷。冷得……像是被關到冷凍庫裡一樣。現在他明白明琦說得「巨大」的定義。和這團冰冷的黑暗相較起來……他們渺小得像是砂礫一般。

他和明琦的口中都冒出冉冉的白氣，在這樣的夏日夜晚。

「羅煞，是你來尋我的。」那團黑暗開了口，帶著金屬的生澀，「你懼怕天劫，想來收了我。可惜讓你逃脫……因為你誰也不愛，只愛你自己。」生澀的聲音笑了兩聲，令人牙齒發疼，「結果你還是被帶來這裡。還帶來了一隻貪婪的螳螂。」

那個瘋老頭尖叫著哭了起來。

那黑暗緩緩移動，走到明峰的面前。他以為他會看到黑暗、或者是殘留骨骸的應龍，沒想到他看到鶴髮童顏的懷虛子。

強大的壓迫感讓他幾乎無法呼吸。怨恨、悲傷、憎惡……讓懷虛子看起來有點朦朧。

懷虛子……不，應該說，應龍。應龍抬起手來看看，發出冷冷的笑。「這麼細白的手，這麼小。我族的嬰孩也沒這麼小的手。」他踏著不穩的步伐，卻籠罩著強烈又陰暗的神威，「這具骯髒的身體很不舒服，就像穿著滾滿汙泥的衣服。」

他向明峰伸手，「你大概不一樣。『穿』起來會很舒服吧……」

明峰往後一退，厲聲說，「我沒有邀請你，你不能夠進來！」懷抱著幾乎癱軟的明琦。

應龍看著他，許久許久。他被禁錮在島末，剝奪肉體和一切，什麼都失去了。只有受創極深的元神，和他永恆的怨恨和悲傷。在他被斬首封印的時候，他曾經鞠躬盡瘁、死而後已的主上，只是冷冷的望著他。

「或許我會來釋放你，應龍。」他淡淡的一笑，無情的。「或許我會親自來，再不然就是遣我的影子來。」

帝嚳一直沒有來。他的主上帝嚳……他曾經愛戴，現在卻怨恨萬年的主子。但他的徒弟來了，他的影子裡沾染過帝嚳的影子。

但羅煞卻這樣狡猾陰險，跟帝嚳一模一樣。他滑溜的從應龍的手底全身而退，曾經他以為再也不會有機會……

但他瘋了，被同樣是帝嚳徒弟的懷虛子押來。而懷虛子，不如羅煞狡猾、不如羅煞冷血。被血腥沾染遍的心智，還留著最後一絲溫情。

懷虛子不但粗率的釋放了應龍，也被應龍侵蝕著緩緩吃下肚。只餘一點靈魂殘渣的，吃下肚。

「螳螂捕蟬，黃雀在後。」明峰喃喃著。

應龍望著他，幾乎是溫愛的眼神，「你知道什麼呢？純血的人類？」

明峰搖搖頭，又遲疑的點點頭。

「你不邀請我，我的確進不去。」應龍頰上蜿蜒冰冷的淚，「但我需要你。」他對著明峰無聲的呼喊。

冰寒、霜冷，充滿痛苦和沉默的嘶吼。

在四海龍王剛剛長出角，還是海浪裡隨波逐流的稚嫩小蛟時，應龍一族早就統治眾海數萬年。他們是最早的海神，所有的水都跟他們息息相關，與他們的呼喊共鳴。

而人類的體內，有百分之八十以上由水所組成。明峰和明琦也完全無法抵抗的，和他起了共鳴。

極度的寒冷像是將他的皮膚一片片刮落，他全身的血液逆流澎湃，像是瀕臨死亡……

大大的喘了口氣，發現他躺臥在樹籬外面的沙灘上。他的頭疼得厲害，瞠目看著倒塌的建築物，海浪細細的聲音傳了過來。

他們逃出來了？他四下張望，看見趴在沙灘上的明琦，趕緊將她抱起來，「明琦？明琦！我們逃出來了！明……」

他的聲音哽住。明琦的大眼睛張著，卻再也沒有光采。她完整無傷，但沒有呼吸、也沒有心跳。

她死了。

不可能的……不可能的！剛剛不是好好的嗎？為什麼明琦會死?!

「我帶妳去給醫生看……」他顫抖著，不斷的哭，「妳會好的，明琦，妳會好的……」

他發動機車，抱著身軀依舊柔軟，但已經死去的明琦飛馳而去。進入市區，他發現，他已經陷身於一個巨大的惡夢。

所有的人都死了。完整無傷，卻沒有呼吸，也沒有心跳。

「這一定是惡夢而已……」明峰笑了，聲音有些發抖，「這是幻境，就像秦皇陵那樣……英俊，求求妳快來！我被幻境困住了……」

靜悄悄的，什麼也沒有。

一定有人活著，不可能大家都死了……他抱著明琦毫無目的的亂竄，觸目只有死亡的痕跡，靜悄悄的，沒有人活著。直到明琦在他懷裡僵硬，出現屍斑，直到整個城市都發出異味。

他發出悲絕的哭聲，直到淚盡繼之以血。滿臉蜿蜒著血淚，依依不捨的放下明琦，離開這個滿是屍體的死亡之城。

有人還活著嗎？麒麟總還活著吧？他焦慮、哭泣，騎著小五十焦急的往北，麒麟一定知道答案，她一定知道發生什麼事，該怎麼做……

焦急痛苦的明峰，甚至騎上高速公路。高速公路上有車，但都停著。裡頭是一具具驟然死亡的屍體。他試著撥手機給蕙娘，卻沒有訊號。

他不記得自己騎了多久，也不知道自己有沒有吃、有沒有睡。等他衝進家裡，第一眼看到的居然是蕙娘的屍身。

已經流不出淚來了。他趴在蕙娘身上，動也不動。

「哎呀，總算看到你了呀。」麒麟的聲音還是懶洋洋的歡快，「徒兒。」

「麒麟！麒麟……」他猛然抬頭，看到麒麟懶懶的躺在沙發上，面對著椅背，以為乾涸的眼眶又湧出淚水，「為什麼啊～麒麟！幸好妳還好好的……」

麒麟輕輕嘆息一聲，「這個時候，真想喝杯冰冰涼涼的香檳啊……」

明峰哭著，「都、都什麼時候了……」但是順她吧，順著她吧……她還能活著要酒喝，就是無上恩典了啊……他哭著扳著麒麟，「我去找香檳……」他愣住，說不出半個字。

麒麟還是懶懶的笑，「這個樣子，酒會漏出來吧？」

她那對很萌的角兒已經折斷，鎖骨以下的胸膛已經沒有皮膚和肌肉，纖細的胸骨包覆幾乎不跳的心臟。

「麒麟……麒麟……」他趴在麒麟的腿上，覺得自己的心臟也幾乎不跳了。

「這就是真人的福利。」麒麟自嘲的笑笑，「變成這副德行，還能忍耐著等你來好交代遺言……」

「不不不……」明峰昏亂的不斷搖頭，他趴在麒麟的大腿上不肯抬起頭，他不要面對麒麟快死的事實。

「徒兒，天帝認為人類不該存在，滅亡了我們。」麒麟的聲音很平靜，「所有屬於人類的血緣，或深或淺，那怕是天人後裔，都必須剔除。人類，滅亡了。」

「不不不！」明峰痛苦的嘶吼。

「逃吧，徒兒，快逃吧……」麒麟的聲音漸漸的低下去，帶著懶洋洋的笑容，眼睛慢慢闔起來。

「為什麼為什麼？我們做了什麼？為什麼?!」明峰悲痛的大喊，「我們不是服侍著天帝，什麼都照他的旨意做嗎？他要我去找真相，我也找了！連妳也不知道他就是天柱，就是作為天柱生下來的！他憑什麼滅亡我們？憑什麼?!」

麒麟的呼吸停住了。

「醒來！麒麟！醒來！」他悲絕的搖著她，「不要睡啊麒麟！我殺了他！我要殺了帝嚳！把我的族民還來！把我的麒麟還來！把蕙娘還來！」

* * *

事實上，明峰什麼地方都沒去。他依舊在地下室，和應龍相對。被共鳴幾乎震碎靈魂的明琦緊緊抱著手腕上的纖細手環，才沒昏厥過去。她無法動彈，但並沒有被應龍左右。

一來是翠綠的手環保護了她，二來是應龍需要很長的時間才能「馴服」懷虛子的肉體，使出來的「共鳴」力量還不大。

她眨著眼睛，發現自己不能開口，也無法動。她只能轉動眼睛，看看堂哥，又看看應龍。

兩個人的表情有著同樣的悲痛和哀傷，她不知道讓應龍的哀傷和怨恨引起共鳴會陷入當初應龍滅族時的巨大傷慟。當傷慟同步時，明峰就會「邀請」應龍進入他的體內。是的。在以族為名的應龍族長被斬首之前，活了一小段時間。那段時間，當時的代天帝帝嚳滅亡了應龍一族，確定沒有活口了，才將應龍族長斬首。

明琦只知道事情不太對勁，但她空有靈感，卻沒有半點相關知識，除了乾著急，一點幫助也沒有。

他們這對糊塗堂兄妹什麼都不知道，但麒麟卻知道了。

遠在中興新村的她，鎖骨以下，突然像是挨了炸彈一般爆裂開來。讓她剛嚥下去的香檳混著血，緩緩的流下來。

「他媽的！」愣然片刻，麒麟大怒，「這孽徒……想弒師嗎?!」

「麒麟！」蕙娘失手砸了盤子，不顧一地的湯湯水水，她衝過來，「怎麼了？妳在玩什麼？怎麼把自己傷成這樣啊……」

麒麟搖了搖頭，只覺得劇痛幾乎讓她站立不住。更痛的是，她的角兒齊根滲出血，搖搖欲墜。

真讓角兒斷了，她的事情也大條了。

胸口爆裂的傷口，快速的崩潰溶解。這下可好了……

「他媽的，我還沒死！」麒麟能夠站直，就是憑著這股怒氣，「你給我辦啥喪禮，靠……」

她發著冷汗咬牙，顧不得眼前是什麼書，隨便扯了幾頁，用血寫了符文，就這樣塞進正在崩潰的傷口。又彈指燒了手上的「符」，用灰湮堵了角的斷裂。

疼痛稍去，她深吸一口氣，試著冥想進入明峰的心裡。

她和明峰有些相似，但不是指血緣。他們都是眾生眼中上好的採補材料，擁有類似的召喚才華，和幾乎雷同的禁咒天賦。

這些年，明峰當了她的弟子，經歷多少危險，萌生出一股比家人還親密的情誼。雖然吵吵鬧鬧，但她明白，她和明峰有種神祕的連結和牽絆，這很好，但也很危險。

有種祭禮叫做「葬」。必須由家人，或類似家人的「親人」親手辦理，才能讓死者安息。反過頭來說，由親人親手出「葬」，即使是活生生的人，也會成為「死者」。

這是一種反面的詛咒，很少人知道。麒麟懂，但她頗不喜這種逆天的咒，當然也不曾教給明峰。

這死小孩為什麼會極盡哀禮的替活生生的師父出「葬」？

她陷入冥想，經由明峰的眼淚，遁入他的心中，看到循環不止的葬禮，也看到了他紛亂消化中的筆記，整理出來龍去脈。

好孽徒……隨便一條死得骨頭好打鼓的笨蛋應龍，就可以唬得你差點咒殺了自己師父……你這書呆怎麼成事不足敗事有餘啊?!

「宋明峰！」她張牙舞爪的在他心底現形，「老娘還沒死，也讓你的葬禮葬死了！你快給我住手！」

陷入巨大哀傷的明峰，滿心只有痛苦和怨恨，完全看不到現形的麒麟。

她使盡方法，明峰還是看也不看她一眼。疼痛越來越劇烈，照這種進度下去，她真的會和明峰想像死去的麒麟一樣，肌膚蝕盡，胸骨包覆著不跳的心臟，血當然也流個精光。

她想過千百種自己的死法，還沒想過自己會死得這麼蠢！

靠邀啦！一定有什麼辦法可以解決的……她一面在明峰狂暴雜亂的內心翻找著可以自救的辦法，一面透過他的眼睛看……

應龍精魂之上，是誰蓋了這樣布滿雪白符文的地下室？這樣堅固的結界，在她健康的時候，還得要三五天才能解咒完全，現在？現在她都快被咒殺了，還有那美國時間解什麼咒？

從外面是來不及解開的……從裡面呢？

她心思一動。式神、式神……放個式神出來破壞結界啊……但是現在血流不止的是她，不是那個哭得跟傻瓜一樣的小徒。這種狀況她想放狂信者也放不出來啊！

氣得哇哇大叫，她在明峰紛亂漸漸崩潰的內心，看到虛幻的記憶，雜亂的飛舞。有死去的蕙娘、掛念的英俊，還有幾個小盒子。

用廣告紙摺的小盒子。

「……你明白了我的怨恨和痛苦嗎？」應龍用懷虛子的手摸著明峰的臉，「我的族民就是這樣滅絕了，而理由只是因為我服從了帝嚳的命令。

他說，『難保你不會告訴親密的人，而你親密的人可能又會告訴他們覺得親密的人。這樣下去，天下眾生早晚都會得知，祕密就再也保不住了。我不想殺盡天下人，就只能滅亡應龍一族了。』

你懂我的恨嗎？你能了解嗎？」

明峰茫然的看著他，緩緩的點了點頭。

「邀請我進去。」應龍的聲音微弱，「我需要一個好的身體，好向帝嚳報仇雪恨。」

明峰張開口，卻沒有聲音。

「我、我……我邀……」他猛然往後一仰，發出女子嬌脆的怒聲，「邀你媽啦！笨蛋！白痴！從來沒見過這麼蠢的禁咒師！聽著，你留級了！」

他突然發出這樣的女聲，讓侵占肉體非常辛苦的應龍一下子不知道怎麼反應。他被關得久了，難免有些遲鈍。所以當「明峰」嬌脆的念咒，他沒有在第一時間阻止。

「帶著天風，捲起塵土而來，莫忘甘醇之肉味！」女子的聲音隱隱含著雷火般的怒氣，像是被這怒氣點燃，行李袋裡封印女妖的盒子也隨之簌簌發抖、震動。

「昔日山在虛無縹緲間，思想起！」隨著「起」這個字，封印女妖不由自主的被驅動了，她們跳了起來，絕望而堅毅的衝向她們畏懼的舊主人。

當中狐妖衝得最快，她一爪抓向應龍的臉——或說懷虛子的臉。應龍這才反應過來，揮袖將狐妖掃開。陰暗的神威加上懷虛子採補千年的修行，將狐妖摜得粉碎，露出毛皮蔽敗的本相。

應龍獃住了——或應該說，懷虛子獃住了。應龍擅長「共鳴」，任何稍有一絲良知的眾生都會因為他的哀傷而甘願就戮。羅煞可以逃過，是因為他沒有良知這種東西，但懷虛子卻還有。

他殺害無數女妖和女人，毫無悔意。但他卻苦楚的、不敢承認的，將這隻早該殺死的狐妖留在身邊，容她活過一天又一天。

將死的狐狸躺在地上，嘴角上揚，像是在笑，得意的。

應龍用這僅存的溫情侵蝕了懷虛子，靈魂僅餘碎片的他、被應龍吃殘的他，卻看到他僅剩的柔情露出本相，就要死了。

他最後一次違抗應龍，將自己的眼睛戳瞎。

其實附在明峰身上的麒麟也趴住了。她原是虛晃一招，女妖們看似撲向懷虛子，事實上是將天花板的咒文打毀。其他女妖都柔順的聽命，這狐妖卻抵抗她的號令撲向懷虛子。

不過她比誰都清醒的早，「時光流逝……夢難留！」

女妖們抹去了咒文的一部分，不完整的咒文搖晃、引起地鳴。

因為咒文的毀壞、因為懷虛子自毀雙目，讓附身的應龍痛苦狂叫，明峰從惡夢中驚醒過來。明琦連滾帶爬的衝到他身邊，哭得幾乎斷氣。

他呆滯的看著虛空，透明的麒麟拎著他的領口大吼，「祟殺我，吭？你這死孽徒，沒有三兩三你敢惹我?!吭？這種爛幻境也可以騙倒你？告訴你，你被留級三十年了！別以為你可以畢業，沒門兒!!」

「……英俊。」明峰喃喃的開口。

應他召喚，九頭鳥姑獲穿破了天花板，用雷霆萬鈞之勢，從天而降。從破碎的天花板和半坍的圍牆，可以看到美麗的天空。

原來，天已經亮了。

「麒麟，妳真的成鬼魂了？」明峰掉下眼淚。

「靠北的大頭鬼啦！」麒麟氣得真氣提不上來，維持不了冥想，「回」到中興新村。

她大咳幾聲，鎖骨到腹部，炸得一片爛肉，幸好血已經止住了，兩根搖搖欲墜的角兒也沒真的掉下來。

「……我的酒！」蕙娘掉著眼淚幫她上藥，她還氣得大吼大叫，「我的香檳！都浪費了！這孽徒用葬禮炸穿我的食道！等我傷好了非給他好看不可！」

……普通人炸了食道應該沒辦法開口吧？還有辦法計較浪費掉的酒哩。怎麼麒麟越來越不像人類啊……

「我的酒啊！」

「……」

＊　＊　＊

懷虛子……或者說是應龍，他抬起滿是鮮血的臉龐，只剩血洞的眼睛殷殷的望著天。

「……我都快忘記天空的模樣了。」他喃喃的說，「風，真好啊。告訴我，」他摸索的抓住明峰，「天是不是還那麼藍？告訴我……我看不到，現在的我看不到……」

明峰緊繃了一下，說不出為什麼，他沒有甩開應龍的手。或許是和他起過「共鳴」，了解了他的悲痛和怨恨，他實在沒有辦法對這個失去一切，無論肉體和眷族的應龍發怒。

「……是我殺了麒麟。」他莫名的明白了，眼眶滾著淚。

「麒麟種？不，她熬過了『葬禮』，我倒沒想到她熬得過……」應龍漫應著，搖晃明峰的手，「告訴我，天空是否還是那麼藍，跟大海一樣藍？帶我出去，讓我走，讓我走……」

明峰愣愣的看著應龍，大大的鬆了口氣。那麼，麒麟還是活著的？我看到的不是她的鬼魂？

明琦看堂哥似乎動搖，不斷搖頭，死命的對明峰使眼色。但明峰還是攙起應龍，攀著英俊巨大的腳爪，從破裂的天花板出去。

微風輕拂，沙沙的海浪聲這樣平靜。應龍眼盲的臉龐柔和下來，有種如在夢中的溫柔。

「天空還是很藍，但大海比天空還藍。」明峰描述著景象，「今天很晴朗，這是個很美麗的夏日清晨。」

「……你看得到什麼？」他渴望著，「有蛟？還是有蜃？你看到虹嗎？有沒有、有沒有龍族……？」他真正想問的是，真的都滅亡了？他的族民，在海浪翻湧的雪白應龍……真的完全不剩了？

明峰為難了一會兒，「……封天絕地很久了。群魔歸地，眾神歸天。人間起碼也有

五、六千年不再見到任何龍族了。」

他的臉孔，絕望而脆弱。

時光帶走一切，沒有什麼是永恆的。一切種族都會滅亡，他原本就該明白。但不該是這樣……不應該是這樣。

跌跌撞撞的，他往海浪聲走去。他幾乎使盡所有殘存的神力附身到懷虛子身上，其實，他想要轉移到明峰身上，成功機率很小。他是堂堂正正的海神，怨恨讓他變得陰暗而瘋狂，但他對附身的黑暗法術所知真的極少。

破碎的懷虛子自毀雙目，讓他明白，他實在無法轉移附身了。或許他再潛修一千年、兩千年，或許有一天他可以離開這個修煉過的身體。

但他突然覺得累，覺得好累好累。

殺了帝嚳以後呢？他的族民依舊是滅亡了，他最想要的永遠不會回來。踏進海水中，他放聲大哭。

為他這長久而痛苦的監禁，為了他無辜的族民，為了永遠不會回來的美好歲月。他毫不害羞、使盡全身力氣的痛哭，像是這樣才能夠讓他的悲傷洗滌乾淨。

他從來沒有忘記，海水清泠溫柔的環繞，是這樣睽違了上萬年。

龍吟。他發出清亮緲遠的龍吟。他知道再也不會有人回應他，可以回應他的人都死了……

但他聽到了回應。非常非常遙遠，不知道隔了幾重大海幾重大陸，微弱、飄渺，卻是應龍的歌聲。藉著諸水連接於大海的共鳴，回應著他。

……我的族人，尚存人間？

橫亙萬年，他居然又聽到應龍的龍吟。

「……我太累了，我真的好累。」應龍笑笑的坐倒在淺淺的海水中，「純血人類，你可以許個願望。既然你把我放出來，我讓你許個願望。」

明峰看著頹唐狼狽的他，難過得不得了。「我沒有任何願望。」

「財富？聲望？都不要？法術？也不要？」應龍慘慘的笑，「那我可不可以對你許個願望？」

他望著應龍，嘴巴張開一會兒，又閉上。半晌才艱難的說出話來，「……我出生在和平，也希望能夠死於和平。我知道你有你的不得已和怨恨……但報仇不是我擅長的事情。」他深深難過起來。

應龍盲目的眼睛望著他，嘴角湧起真正的笑意。「本來我是希望這樣的，但現在不了。讓他去吧，他只要好好的穩定這個世界就行了……你過來些，我告訴你我要什麼……」他的聲音漸漸低沉、虛軟。

明峰緊張的扶起他，「欸，應龍大人……」

當明峰靠近他時，垂死的應龍迅雷不及掩耳的將一顆黝黑的、大約小指頭頂端大小的珠子，塞進明峰的嘴裡。

他大驚，正要吐出來，那顆珠子滴溜溜的滾下咽喉，吞了下去。

「你為什麼要害我?!」明峰大怒，「你怎麼可以……」

「害你？害你？」應龍笑了起來，「這是應龍的如意寶珠，三界之中的至寶，你說我要害你？」他朗笑，聲音歡快。

「我對你許個願望。就一個。」他抓著明峰的手臂，「幫我看……替我看看，替我看看我的族民。你吞了我的如意寶珠，可以輕易的認出我的族民。還有活口……還有……保護他們……我太累太累了，我沒辦法……」他撲倒在海水中，沒了氣息。

明峰慌著將他抱起來，應龍的眼神已經散了，卻還緊緊抓著他的手臂。吞了那顆珠子，明峰很不安。但體會過應龍的痛苦，他無法視而不見。

「……我答應你。」

應龍湧起一絲溫柔天真的笑，鬆了手。怨恨和絕望讓他被拘禁這麼久依舊存在，而失去怨恨和絕望，他就像是散了箍的木桶，魂魄消散了。

明知道他附身後依舊對女妖殘忍暴虐，但明峰卻無法恨他，反而是深深的憐憫。將屍身抱起來，他在附近的小樹林挖了一個坑，將他放下。原本遠遠跟隨的女妖們，這時候才靠過來，默默的將骨碎筋斷的狐狸屍骨遞給他。

「……她就是傻。」女妖之一嘆了氣，「這麼折磨她，她還把心給了那個妖道。」

明峰接了過來，將狐狸放在懷虛子的臂彎。那隻死去的狐狸，嘴角依舊彎著，像是在笑。

＊　＊　＊

怎麼安排這四隻女妖，明峰真是大傷腦筋。

他從來沒有強奪過其他生物的意志，這還是頭一遭。放了怕她們幹壞事，但是留著……恐怕會被這些女妖「幹壞事」。

他已經不只一次抱著被單、衣衫不整的跑去敲明琦的門，躲在明琦後面簌簌發抖。英俊還在的時候，她們式神間似乎還有長幼的觀念，平安無事。但英俊一走，這幾個妖嬈的式神，就想盡辦法爬上他的床。

他是很想求英俊留下來……但是英俊一變化成人形，就挺著明顯懷孕的大肚子。你好意思讓孕婦這樣奔波勞動嗎？

「……英俊妳……」當時他瞠目指著英俊的肚子，「妳該不會……」

「……再十來天就生了吧？」她羞得滿臉通紅，沒有注意到在旁邊呈現石化狀態的明琦。

「……胎生還卵生啊……」驚駭過度的明峰很笨拙的問。

她倒沒有生氣，只顧羞紅，「懷孕四個月就要生了……應該是卵吧？到時候我得在家裡孵蛋……但主人只要呼喚我，我會帶著寶寶一起來的！」

「不不不！」明峰拚命搖手，「我行、我可以的！妳……妳還是好好待產吧……」

他僵硬的畫了一道安產符塞給英俊，就把她趕回去了。

這種情形下，你好意思留下英俊？他當然知道英俊比較可靠，明琦一點用處也沒有，但是被這些女式神動手動腳扯衣撕褲，他也只能依賴明琦幫他擋啊！

「……堂哥，我也會怕。」明琦欲哭無淚，「你也是成熟的大人了，我不會說什麼的……」

「妳沒聽過……最難消受美人恩嗎？」他的聲音顫抖著，「妳妳妳、妳叫她們回盒子睡覺好不好？」

明琦只好上前好言相勸，說「來日方長」，直到口乾舌燥，才能暫時免去明峰的桃花劫。

思來想去無計可施，明峰硬著頭皮跟麒麟求救。

握著話筒的麒麟氣得發抖，「你還有臉打電話給我啊……孽徒！」她驚人的吼聲即使話筒離耳朵一公尺，還是震得周圍的人腦門嗡嗡直響，道行最為低微的花魂乾脆昏過去。

明峰打直手臂，拎著話筒像是拎著燙手山芋，在眼冒金星的情形下垂首恭聽，直到麒麟吼裂了傷口，蕙娘忍不住制止她，她才冷靜一點點。

「要我幫忙處理你收來的式神是不是？」麒麟冷笑一聲，「好，我就幫你收拾。」她磅的一聲，炸掉了明峰的電話。

拍了拍頭上的碎片，明峰有些發愁。這是旅館的電話，不知道要怎麼賠才好……等麒麟的「解決方案」抵達時，他絕望的望著天花板的星空，這個帳單……旅館的老闆會不會宰了他補屋頂？

不過可能等不到旅館老闆的屠刀，他就會先被龍女大卸八塊了。

「……明峰君。」她詭麗倒豎如爬蟲類的金色瞳孔，燃燒著銀樣怒火，「你居然收了這樣不三不四、妖裡妖氣的式神！難道你忘記妾身了嗎?!」

雖然來的是她的幻影，身材也縮得比明峰略矮一些，但她一甩蛇尾，還是一傢伙打碎了電視機和旁邊的小冰箱。

……這個賠償帳單……

「不不，請聽我說，並沒有這種事情！」他氣急敗壞的試圖阻止龍女的大肆破壞，「收她們是完全不得已的……」

「當我不懂世事麼?!」她又一甩尾，嘩啦啦的打碎梳妝台和衣櫃，「男子朝三暮四、朝秦暮楚，有什麼我不知道的?!你收這幾個妖精分明就是要納小，你把我這伏羲正室放在什麼地方?!」

說到極怒，她張口出雷。人兒是幻影沒錯，這雷光閃爍卻是貨真價實，饒是他拉著明琦緊急避難，還是讓兩人的毛髮捲曲，被電得抽搐。

更糟糕的是，她這雷劈下來，整個房間只剩下四面牆壁，其他的家具電器，全成了碎片。

「這女人又是誰?!」她五爪箕張，幾乎要插進明琦的脖子。

「堂妹！她是我二伯唯一的女兒！」明峰顧不得抽搐，護在明琦前面大叫，「千萬不要失手啊～～」

狂怒的龍女呆了呆，母夜叉轉瞬成了怨婦，「小姑！妳給我評評理！明峰君與我有婚約，卻這般負我！妳評評理，評評理呀！」

明琦讓她抓著搖，只覺得頭暈目眩，渾身滾著電流。「呃……啊……堂哥這樣真的不好。」

「明琦！」明峰叫了一聲。媽的，這樣罩著她，大難來時就搶著出賣堂哥！早該讓她被電死算了！

她略略清醒了一些，「呃，堂嫂，妳冷靜些……」她抓著明峰的外套給她擦眼淚，「堂哥收這些式神是真的不得已的。但收都收了……堂嫂，這麼吧，這些式神也粗魯不文，是需要管教管教。不如妳帶了去，好好教導，以後服侍妳和堂哥，豈不是好呢？我保證堂哥不是那種人……他若花心，就不會天天跑來敲門避難了。」

龍女讓這句堂嫂叫羞了臉，心裡蜜滋滋的。火氣也就降了下去，垂首低眉的說，「妾身雖然是伏羲後裔，三從四德總還是懂的。小姑都說話了，妾身敢不依麼？我想明峰君當不是那種薄情郎……」

「我不是！我真的不是！」他舉起雙手。

龍女羞答答的纏上明峰，又親了他一臉口水（附帶輕微電擊效果），這才滿意的收了四個嚇白臉的女式神，騰空而去。

明琦癱軟在地，趴著很久很久。

「堂哥……」她有氣無力的說，「你幾時高攀了這樣的神明親家……？」

明峰躺在一地碎片上，動也不想動。這個帳單……這個賠償帳單……

「古人果然有智慧。」明琦很感慨，「最難消受美人恩。」

「……麻煩妳閉嘴好嗎？」明峰差點哭了出來。

＊　　＊　　＊

「我的漫畫！我的《潮與虎》!!」休養幾天，傷口勉強癒合的麒麟慘叫，險些氣裂了傷口，「我寶貝的漫畫啊～」

那天她來不及找紙，隨便扯了眼前書頁就畫符止傷，卻沒想到撕了自己寶貝的漫畫。

剛好撕到她最喜歡的情節，不禁悲從中來。

蕙娘無言的看著天花板。傷到幾天吃不了東西，勸她插胃管她又不肯，再怎麼痛也沒掉過半滴眼淚，現在為了幾本破漫畫，哭成了花臉。

這個時候她就會納悶，到底是哪根筋不對，她會想要跟從麒麟呢？

「……漫畫嘛，又不是絕版了。」為了不讓麒麟又把傷口弄裂，她勸著，「再買就是了，好不好？」

「這套漫畫是我飛去日本逼藤田和日郎親筆簽名的欸！」她繼續梨花帶淚，「我寶貝的漫畫啊～都是那個死孽徒啦！……」

蕙娘啞口片刻，「……那我去買書，就拿完整的來修復這幾頁好不好？保證妳也看不出瑕疵，如何？……」

哭了好一會兒，麒麟思來想去，也別無他法，只好抽噎的說，「修好看點……蕙娘，我甜點要六個草莓塔喔，傷心只能用甜點治療了……」

……妳食道炸傷了大半，怎麼吃草莓塔？但是讓她哭裂傷口和設法吃草莓塔……她選擇草莓塔。

後來麒麟真的吃了草莓塔……雖然讓蕙娘扁眼。因為食道受傷，她細細嚼過甜點以後，用五鬼搬運法，跳過食道，直接到胃裡。

……道術是給妳這樣用的嗎？

「哎呀，妳不懂的都是咒啦。」麒麟含含糊糊的回答，「明峰腦子不懂，身體可是懂了個十成十呢！這死孽徒真的很有天分……」

「……啊？」

她已經忘記撕破愛書的傷痛，笑嘻嘻的，「當初啊，他收那幾個式神，就是用《潮與虎》收內堂的咒。但他實在很不會應用，既然用了收內堂的咒，就該用使喚內堂的咒啊……」

「所以？」

「所以我就附到他的身上，用了《潮與虎》使喚內堂的咒。我真是聰明智慧的禁咒師啊～」

……妳好好一個人類，怎麼學妖鬼的方法去附妳弟子的身?!

麒麟拍了拍手裡的屑屑，雖然這麼不方便，她還是很有毅力的吃掉所有的甜點。她施施然的經過啞口無言的蕙娘，從書櫃裡掏出四本漫畫，彈指燒掉了書。

「……主子！」蕙娘逼緊了聲音，「妳不舒服？沒吃飽嗎?!但妳傷口這樣真的不能吃太多……也不要因為撕破《潮與虎》就準備焚琴毀書啊！」

她跳了起來。古代仕女每每要尋短見，都先拿自己的藏書和文稿下手（詳情請見《紅樓夢》），不過是幾頓吃少了些，麒麟也想效法一番……？

「什麼？」麒麟糊裡糊塗的抬起眼，「喔，這套《女媧》一定要燒掉啦。明峰那蠢蛋把這套漫畫看得太真，真的照上面的『葬禮』舉哀，差點被他祟殺了……」說到這裡，麒麟真的有點悶，「為了避免他蠢到又把我給『葬』了，只好先抹煞這套書的存在……」

於是，麒麟替那套書行了「葬禮」（還是火葬），杜絕這種倒楣事再發生。

「……這也是咒？」蕙娘有點頭昏腦脹。

「是啊。」拍拍手上的餘燼，「妳不懂的通通是咒啦。」

最好是這樣。蕙娘沒好氣的想。

＊　　＊　　＊

這場災難讓旅館老闆開出了天文數字的賠償單，就算把明峰加上明琦賣了也賠不出來。他實在沒有膽量去找麒麟幫忙，只好欲哭無淚的打電話給大師傅。

大師傅聽他簡單的述說了整件事情的經過，大笑得明峰都有點恚怒，好不容易才停下來擦眼淚。

「好吧，別擔心，小事一件……」大師傅好不容易才忍住笑，「『夏夜』有群研究員剛好在附近做田野調查，我讓他們去幫你擺平……擺平大老婆的憤怒……哇哈哈哈哈～」

明峰幾乎是羞愧的掛上電話。

「夏夜」的辦事效率極高，不到半個鐘頭，他們終於擺脫了在旅館洗被單的命運，而且這些善良的研究員，還帶走了瘋瘋癲癲的羅煞，答應他會好好安置。

或許他是個壞人。但現在的他又能做什麼？眼睜睜看著一個活生生的人餓死，他受不了。終於不用再照料他，明峰大大鬆口氣。

「跟堂哥出來旅行真是充滿驚奇和刺激。永遠不知道下一步會遇到什麼。」明琦認真的說著。

「……妳給我閉嘴。」明峰湧起不祥的預感。

的確如明琦所說，他們這一路又遇到很多奇怪的事情。不知道是他們呼喚災難，還是災難呼喚他們。

而這段路上明峰也感到忐忑不安，畢竟應龍硬塞到他嘴裡的如意寶珠，不知道是福是禍。不過既然沒有造成拉肚子之類的疾病，也沒有發生任何異狀，他只能安慰自己那不過是個玻璃珠，應龍被關太久糊塗了，拿個玻璃珠就硬說是寶物。

離開葬著懷虛子（應龍）的島末，被封印的香風，又如影隨形。

他尋找的田園還沒有找到，但距離崇水曜卻越來越近，他的心情，也越來越沉重。

如果她真是崇家人呢？如果她真要明峰的命好報仇呢？

坦白說，他很害怕。卻不是害怕崇家的報復。而是……

他不知道能不能面對自己親手造下的殺孽，不知道能不能面對被害家屬的眼神。但是，他卻不想逃避。

「……妳要不要回家去啊？」他第一千遍的問明琦。

「不要。」明琦也第一千零一遍的回答他。

「妳不懂啦，」明峰有些煩躁，「我殺過人。我們現在要去找的，說不定是被害者的親屬。」

坐在後座的明琦，僵了一下。「……殺了誰？」

明峰安靜了一會兒，「答案很長，我得用一生的時間來回答，妳準備聽我說了嗎？」

「……堂哥，我也看過《人間四月天》的。我不是梁思成，你以為你是林徽音嗎？」

「……」

（禁咒師卷伍　完）

相關書目：

＊都城管理者舒祈的故事，請見《舒祈的靈異檔案夾》（雅書堂出版）

＊司徒與白文鳥的故事，請見《幻影都城五　初萌》

＊瘋老頭羅煞的來龍去脈，請見《幻影都城二　再相逢》（春光出版）

作者的話

《禁咒師卷伍》完工了。其實我也想過，是不是要盡量往前三部的路線走去，大家笑嘻嘻的，多好。

但我也很怨恨自己的固執，我就是沒辦法這麼做。故事已經設定好了，第四、第五部都是明峰的成長史。而成長，一定會伴隨著劇痛。當然，這會讓讀者很受不了，但我也發愁了很久，氣自己沒辦法妥協。

所以第五部我寫得特別慢，但我為了這一部幾乎愁白了頭髮。

最後還是這樣，嘻笑中帶著依舊濃重的悲傷，在明峰成長的過程中。如果我可以說服自己妥協該多好啊……但我辦不到。我重寫很多次，最後放棄那些歡樂的情節，回到最初寫的那一些。

說不定讀者會不喜歡這一些也說不定。說不定禁咒師出不到第八部。但是，又如何？我知道我這樣任性真的不好，但扭曲筆下的人物設定，我覺得我背叛了明峰單純而漸漸成熟的眼神。

甚至，《禁咒師》也和《妖異奇談抄》（出版書名為《幻影都城》）的故事漸漸結合，這點也讓我非常困擾。當初是兩個故事一起想的，構成整個龐大而繁複的「都城進行曲」，人物互相穿雜。但作者總是這麼任性，沒去想清楚這是兩個不同系列、不同出版社的出版品。

結果就變成這樣。兩家出版社、兩個不同系列，但人物相互雜沓，讓人有些暈頭轉向的龐大雙線架構。

最後兩個系列會走向相同的結局，但平行線依舊是平行線。我不知道在考驗誰，是考驗我飽受折磨的心靈，還是考驗讀者的耐性。

不過我保證，第六部不會這麼沉重了。

（希望啦）

其實有時候我自己也會好笑，或許我小說寫出來只有十萬字，但是實際設定未寫出的部分有一百萬字。我也希望可以阻止自己不要再去想那些無關緊要的支線，甚至用不著去設定不寫出來的愛好和背景。

（比方說，明峰就讀老松國小。這有什麼用處和意義？我不會寫出來，也跟故事本體無關。但我甚至設想了他小時候的點點滴滴，還有他青春期爆炸的能力。）

（我不會去寫的……通通寫出來我要喊救命了……）

最終還是感謝讀者的支持。因為你們的支持，我才可以任性的繼續寫下去。或許我的人生存在的意義只剩下書寫而已。無窮無盡、無窮無盡。

直到油盡燈枯。

2007/8/3蝴蝶

國家圖書館出版品預行編目資料

禁咒師 / 蝴蝶Seba著. -- 二版.
-- 新北市 : 雅書堂文化, 2016.02-
冊 ; 公分. -- (蝴蝶館 ; 1-3, 5, 7, 10, 13)
ISBN 978-986-302-288-6(卷1 : 平裝). --
ISBN 978-986-302-289-3(卷2 : 平裝). --
ISBN 978-986-302-290-9(卷3 : 平裝). --
ISBN 978-986-302-291-6(卷4 : 平裝). --
ISBN 978-986-302-292-3(卷5 : 平裝) . --
ISBN 978-986-302-294-7(卷6 : 平裝) . --
ISBN 978-986-302-296-1(卷7 : 平裝) . --

857.7 104027858

蝴蝶館 07

禁咒師〈卷伍〉

作　　者／蝴蝶Seba
封面題字／做作的Daphne
發 行 人／詹慶和
總 編 輯／蔡麗玲
執行編輯／蔡毓玲
編　　輯／劉蕙寧・黃璟安・陳姿伶・陳昕儀
執行美編／陳麗娜
美術編輯／周盈汝・韓欣恬

出版者／雅書堂文化事業有限公司
郵政劃撥帳號／18225950
戶名／雅書堂文化事業有限公司
地址／新北市板橋區板新路206號3樓
電子信箱／elegant.books@msa.hinet.net
電話／（02）8952-4078
傳真／（02）8952-4084

2007年10月初版　2020年05月二版3刷　定價240元

經銷／易可數位行銷股份有限公司
地址／新北市新店區寶橋路235巷6弄3號5樓
電話／（02）8911-0825
傳真／（02）8911-0801